시 학

문학 형식 일반론 입문

다비드 퐁텐

이용주 옮김

東文選

시 학

David Fontaine

LA POÉTIQUE
Introduction à la théorie générale
des formes littéraires

차 례

서 론

시적 이미지, 시적 특성, 시적 영감. 시적(poétique)이라는 형용사가 의미하는 바를 전혀 모르는 사람은 없을 듯하다. 시인 발레리(1871-1945)가 환기했듯이, 언어적 산물인 시의 영역을 뛰어넘으려는 사람은 일단 시적이란 형용사에 대해 정확히 알지 못하면 안 된다. "경치를 그릴 때에도 시적이란 말을 원용하고, 삶의 상황을 표현할 때에도 시적이란 말을 쓰며, 심지어 개인을 지칭할 때에도 시적이란 말을 사용한다."[1] 하지만 **시학**이란 말의 의미를 제대로 설명해 보라면 모두들 난감해한다. 시학이란 말이 독자적으로 쓰이든 아니면 이야기의 시학, 말라르메의 시학, 권태의 시학, 불의 시학 등과 같이 보어로 사용되든, 현대 비평 용어상의 이러저러한 평가에도 불구하고(또는 어쩌면 그 평가 때문에) 시학이란 말은 아직 미확정적인 상태이고, 시대에 따라 전혀 다른 의미로 활용되고 있다. 그러므로 난해하면서도 동시에 널리 사용되는 이 말의 의미를 제대로 자리매김하기 위해서는 무엇보다도 그 기준을 정하는 것이 좋을 듯하다.

시학의 본래적 의미에 대한 발레리의 입장

콜레주 드 프랑스가 마련한 첫 강좌의 전임 교수는 20세기 시인

의 한 사람이자 그리스 출신인 폴 발레리였다. 그는 자신의 입장에
서 이 말의 의미와 본래의 위력을 복원하였다. 작품을 잉태시키는
정신적 행위와 예술적 **기법**(그리스어 poïein)에 관심을 두는 '문학
이론'의 기초를 마련한 그는 수업 계획서에서 이렇게 밝혔다. "**시학**
이란 명사는 어원에 따라, 다시 말해 언어가 실체인 동시에 수단인
작품의 창작이나 구성과 관련되고, 시에 관한 미학적 규칙과 규범서
에 한정된 좁은 의미와는 전혀 무관하게 모든 것을 의미하는 명사
로 이해됨으로써 우리 취향에 맞는 것처럼 보인다."[2] 이것이 바로
명확히 정의된 시학의 주된 의미였다. 이 책은 시학의 의미를 주요
대상으로 삼을 것이다. 이는 문학의 내재적 이론 전체를 가리킨다.

　문학의 이론, 그리고 몇몇 야심 있는 사람들에 의해 모색된 문학
과학이란 용어는 어떠한가? 그것이 '문학적'이라는 형용사와 '과학
적'이라는 형용사의 문채(文彩)와 언어 능력을 비교하며 확립된 선
입관에 기반한 용어들에서는 모순된 것이 아닌가? 물론(그럴 가능성
의 여지가 남아 있지만) 선험적으로 자연 언어와 불가분의 관계를
고려하지 않고, 형식 언어의 힘을 빌려 문학의 공리 체계를 만들고
그것을 그대로 기술하는 것은 그다지 중요하지 않다. 오히려 문학의
이론을 통해 "모든 정의, 모든 관례, 작품의 구성이 전제하는 모든
논리와 '결합 관계'"의 연구는 발레리와 따로 떼어 놓고 이해할 수
없는 노릇이다.

단어의 모호성과 반향성

　상기에서 본 바와 같이 발레리는 자신이 다시 내린 정의에서 수
세기 동안 지배해 온 '좁은 의미'를 배제하고, 모든 애매성을 피하
기 위하여 '시학(Poïétique)이라고 정의'될 단어(Poïein)의 어원으로

되돌아온다. 실제로 '시학'이란 실사는 '시적'이라는 형용사——그 말은 일반적으로 문학을 대상으로 하는 데 비해——를 매개로 당연히 시를 연상시킬 뿐만 아니라, 거의 그 기원부터 같은 목적을 지향하는 '좁은 의미'로 사용되고 있다. 이때 그것은 종종 문학 운동의 영역에서 정의된 작시법과 시의 창작, 장르의 여러 가지 규칙과 관련된 규범과 권고의 책을 가리킨다. 일반적으로 그것들은 호라티우스에서 부알로에 이르기까지 시학이라고 불렀다.

그리고 처음의(이론적이고 규범적인) 두 가지 의미에서 '시학'이란 실사는 수 세기 동안 의식적이든 아니든, 작가(시인만이 아니라)가 구성이나 장르·문체·주제의 차원에서 이루어진 '선택'의 총체적인 특징을 가리키게 된 것이다.[3] 근대 비평이 폭넓게 사용하고 있는 의미는 시학에 의해 획득된 여러 가지 문학 형식들의 거대한 공간(이론적인 의미)에 작가와 작품의 일관성을 마련한다. 이때 종종 셀린의 시학과 마찬가지로 롱사르나 위고의 시학을 이야기할 수 있게 된다.

부분적으로 서로 교차하는 그 세 가지 의미들이 중요하지만 현대인들은 그 단어를 늘 다양하게 구사한다. 말하자면 문학 창작에 소질이 있는 존재의 감정이나 정신 상태의 시학, 혹은 상상의 세계를 풍부하게 만들고 창작 과정을 유도하는 물질적 요소나 공간적 구조의 시학 등등이 있다. 적어도 두 가지 추가적인 의미는 과학과 상상력의 철학자 바슐라르(1884-1962)가 시에 관한 《물과 꿈》을 시작으로 《몽상의 시학》에 이르기까지 주도한 고찰에서 그 원천과 뒷받침되는 이야기를 찾을 수 있다.

그때부터 시학이란 말이 어떤 점에서 문학 일반론을 가리키는 데 필요하게 되었을까? 문학의 개념이 등장한 것은 18세기였다. 그 이

전의 언어 기술은 모두 오랫동안 목적이 실용적인 웅변술과 병행해
서 서정시와 마찬가지로 연극이나 서사시 같은 여러 가지 형식에서
시와 혼동되고 있었다. 따라서 시학은 아주 오랫동안 넓은 의미에서
모든 **언어 창작**(poièsis)의 시의 이론이었다. 창작이 확고 부동한 신
비가 아니라 분석 과정의 결합이나 의미 있는 형식들의 구성과 같
이 가능한 것 가운데 선택할 수 있는 총체적인 것으로 간주된다면,
《시학》이란 제목을 최초로 사용한 바 있는 아리스토텔레스가 마련
한 토대로 시학은 언어를 통한 예술 창작의 이론이 된다.

시학에 대해 근본적인 의문을 제기한 로만 야콥슨의 입장

획기적인 것이 되어 버린 의사 소통론에서 언어학자이자 시학자
로 알려진 러시아의 로만 야콥슨(1896-1982)은 이미 마련된 교과의
내용을 여러 가지 용어들로 정의하였다. "시학의 목적은 무엇보다도
언어 메시지를 예술 작품으로 만드는 것이 무엇인가?에 대해 답하
는 것이다."[4] 이것은 '문학이란 무엇인가?' 라는 다소 폭넓고 당황스
러운 의문을 분명히 밝히는 방법 중의 하나이다. 말하자면 '단순하
지만 일생을 회피하며 보낸' 까닭에 장 폴랑(1884-1968)[5]은 문학에
대해 특이한 방관자로 조롱받았다. 그런 의문은 보편성의 측면에서
명확히 할 필요가 있다. 그 이유는 우리가 문학에 대해 이야기하고,
그 명칭으로 판단하며, 그 개념의 의미로 확인하지 않고 있는 그대
로 무한정으로 평가할 수 없기 때문이다. 그러나 여기에는 역사적·
사회학적·정신 분석학적인 답들이 가능하다.

시학이 제시하려는 답은 언어 **예술**로 정의된 문학의 내적 접근
에 의존하게 된다. 이때 근본적인 의문은 이런 매개적 진술을 제기
할 수 있다. 문학 자체의 특성은 무엇으로 구성되어 있는가? **문학성**

(littérarité)은 무엇으로 구성되어 있는가? 앞서 인용된 주장보다 훨씬 이전인 40년 전 러시아 형식주의에 속했던 시기에, 로만 야콥슨은 이미 새로운 개념을 이렇게 쓴 바 있다. "그렇기 때문에 문학이라는 학문의 목적은 문학이 아니라 문학성이다. 다시 말해 주어진 작품을 문학 작품으로 만드는 것이다."[6] 달리 표현하자면, 시학은 문학의 존재를 경험에 비추어 자의적인 한계에서 작품의 자료체로 인정하기보다 그 특성, 즉 과거든 현재든 있을 수 있는 텍스트를 모두 이해 가능한 문학성으로 정의한다.

언어학과 미학의 경계에 속하는 시학

문학이 언어 예술이란 전제를 취소하면 시학의 탐구 영역은 좀더 분명하게 한정된다. 한편 언어로 작업하는 문학은 선과 색채를 사용하는 회화나 물질과 입체로 만드는 건축과 같이 다른 **재료**를 사용하는 장르의 예술과 구별된다. 또 다른 한편 예술의 궁극적인 목적에 따르는 언어의 산물로서 문학은 언어를 일상 대화나 용례, 수학적인 정확한 논증처럼 달리 사용하는 것과도 구별된다.

그때부터 이론 교과로서 시학은 모든 예술 사이에, 아름다움에 대한 학문으로 정의된 미학과 다양한 현존 언어들 사이에, 인간 언어에 대한 과학적 연구로 이해되는 언어학의 중간에 위치한다. 시학은 언어로 된 메시지의 미학적 측면, 즉 순간적인 다량의 의사 소통에서 전달된 정보 이후에 바로 사라지지 않고 수신자에게 메시지를 감지하게 만드는 것에 중점을 둔다. 그와는 대조적으로 시학은 언어적 소산의 특별한 경우에 사용된 예술 형식의 총람을 설정한다. 이렇게 야콥슨은 단어나 표현에 공통적인 추상력을 제외하되, 시의 구조상 문법의 역할을 기하학의 활용에 비유하고 있다.[7]

시학과 비평: 이론과 실제의 상보성

비평은 추상적인 구조와 일반 규칙에 관심을 갖는 것이 아니라 기준에 따라 판단하고, 그 의미를 규정하고 또한 기쁨을 공유하게 만들기 위해 구체적이고 특별한 텍스트에 관심을 갖는다. 비평가는 여러 가지 역할의 추가적인 분류에 따라 **설명**하는 순간에 특별한 텍스트의 의미를 결정하는 반면, 시학자는 가능한 한 객관적이고 보편적인 **묘사**를 함으로써 비평가가 종종 의식하지 못하고 따르게 되는 함축적인 영역을 명확하게 밝힐 수 있고, 효과적인 분석 도구로 삼기 위해 그 영역을 정확히 정의코자 한다.

시학은 비평 영역을 명확히 밝히는 것을 목적으로 삼을 뿐만 아니라 새로운 영역을 확보하고, 확대된 문학의 전형에 잠재적인 모든 이본(異本)들을 통합시킴으로써 분류의 폭을 넓히려 한다. 프랑스에서 이 분야의 선구자라고 할 수 있는 제라르 주네트(1930~)의 프로그램화된 양식에 따르면, 시학은 '문학 형식의 일반론' 일 뿐만 아니라 문학적 "담론의 여러 가지 가능성에 대한 탐구,"[8] 다시 말해 여전히 개방적이고 원칙상 아직 완성되지 않은 단계의 탐구이다. 과거에는 명시되었지만 미래에는 명시되지 않을 원칙과 기준으로 나타난 문학, 집필 상태에 있는 문학, 그것이 바로 시학의 목적이다.

연구의 목표와 전개 방향

앞서 언급했듯이 이 책 저술의 목적은 총망라하는 데 있는 것이 아니라 무엇인가를 암시하는 데 있다. 현대의 다양성에서 시학에 대해 전형적이지만 필연적으로 아주 신속하게 간략히 설명하고, 이론의 적합성을 평가하여 그것을 적용하며, 그것을 증명하는 법을 가르

치려면 시학자들의 작품 자체를 읽도록 유도하는 것이 필요하다. 그렇지만 누구나 그것을 이해할 수 있도록 만들고, 다급한 학생들이 사용할 수 있는 형식으로 시학의 본질적인 개념을 정리하도록 노력해야 할 것이다. 두번째 목적은 문학에서 이론의 가능성과 정당성을 인정하지 않으려는 편견에 맞서는 것이다. 이론화하려는 의도는 늘 존재해 왔고, 근대 이론의 발달로 문학의 운명 자체가 바뀌지 않았을 때 비평은 감각적으로 발전될 수 있었다. 이를 납득하려면 프랑스에서 누보 로망의 출현을 옹호하고, 그와 동시에 형성된 소설 형식들의 불가피한 쇄신에 관해 고찰할 생각이 있기만 하면 된다.

관념적으로 보면, 오늘날 시학의 정의는 아리스토텔레스 철학의 시작과 일치한다. 그러나 그 사이에는 **약 2천5백 넌이라는 긴 역사**의 시대차가 있다는 것을 망각해서는 안 될 것이다. 폭넓은 연구 분야를 통해 제시된 과정과 마찬가지로, 현대의 시학의 입장을 보다 더 제대로 제시하기 위해 제1장에서는 간략하고 개괄적으로 서술하는 것이 좋겠다. 그리고 이야기와 시 장르간의 시학을 분리하는 분할 구도에 따라 시학의 영역이 제시될 것이다. 제2장에서는 스토리와 텍스트로서 **이야기의 분석**이 이루어질 것이다. 제3장에서는 허구와 상상 세계의 측면에서 고려된 **텍스트와 세계의 관계**의 일반적인 문제를 이야기와 시의 논지를 펴는 분야처럼 밝혀 보게 될 것이다. **시의 시학**을 다루는 제4장에서는 대상과 특히 시어, 상관 관계, '의미 형성'의 문제가 논의될 것이다. 마지막으로 제5장에서는 갖가지 장르들을 만들어 내는 독서 방법을 통해 접근된 **장르들**을 대상으로 텍스트 상호성의 현대 이론을 확립하기 위해 시학 분류의 필요성과 그것의 역사적 차원을 재현하게 될 것이다.

1

시학의 약사(略史) : 아리스토텔레스에서 구조주의까지

독단적이고 생경하게 보일 수 있는 교과의 방향을 제대로 설정하려면, 그것의 출현과 발달을 개략적으로라도 서술하는 것이 좋을 듯하다. 교과의 불안정한 실재와 이론적으로 빈약한 상태, 어려운 출현이 어떠했는지 한 번 평가해 볼 만할 것이다. 왜냐하면 그 말의 부차적인 두 가지 의미(문학 운동을 규정하는 규칙, 한 저자의 여러 가지 선택)는 본질적 의미와 계속 충돌되기 때문이다. 그런 충돌 때문에 시학의 내용은 놀라울 정도로 충실해지는 반면 시학은 혼란스러워질 우려가 있다.

"시학이 최근에서야 비로소 이론 교과로 구성되기는 했지만, 그것은 유구한 선사 시대의 역사를 가지고 있다."[1] 그 시대는 공백 상태이고 연속적인 것은 아니다. 왜냐하면 비록 시학은 나중에 시대의 요구에 부응하도록 역사를 재구성하는 경향이 있었지만, 상대적인 소멸이나 망각의 시간을 거쳐 왔기 때문이다. 어쨌든 한편으로는 개념의 큰 변화를 중시하고, 또 다른 한편으로는 몇몇 중요한 작품만을 길게 논의함으로써 여기서는 서양 전통에서의 시학의 역사를 개괄적으로 기술할 필요가 있다.

이론적으로 가능한 네 유형의 이론과 시학의 역사[2]에 나타나는 양상을 간단한 분류에 따라 구분하면, 특히 기원전 4세기부터 기원후 16세기까지의 작품과 그것이 재현하고 있는 세계의 관계를 주의 깊게 살펴보려는 **모방의 시학**, 17세기부터 18세기까지 작품이 독자에게 끼치는 영향에 한층 더 관심을 갖는 **활용 또는 수용의 시학**[3] 18세기부터 19세기까지 작가와 작가의 타고난 독창성을 우선적으로 평가하는 **표현의 시학**, 끝으로 20세기의 작품 자체나 작품의 보편성으로 문학을 인식 대상으로 삼는 **객관 또는 형식의 시학**을 차례로 고찰할 것이다. 넓은 의미로 분류한 이 시기는 상호 중첩되는 부분이 많으므로, 그 명칭들의 제각기 지배적이거나 혁신적인 특질만 개괄적으로 설명하는 데 그칠 것이다.

1. 모방의 시학

1. 최초에 아리스토텔레스가 있었다

시학은 명칭, 그 이상으로 그리스 철학의 시조라고 할 수 있는 아리스토텔레스(기원전 384-322)가 가장 잘 정리하였다. 그는 서양 전통에서 세 가지 주요 학문, 물리학 또는 생성중인 존재학, 진실을 규명하기 위해 언어가 가져야만 하는 합리적 형식을 분석하는 논리학, 마지막으로 존재자들 너머에 존재의 문제를 제기하는 형이상학 또는 '초기 철학'의 기원이 되었으니까 말이다. 아리스토텔레스가 기원전 335년경에 명확하게 《시학》이라고 제목을 붙여 쓴 전26장의 개론 또한 학문에 새로운 장을 열었다.

현실의 섬세한 유기적 결합을 말로 표현하지 않으려고 항상 주의를 기울였던 아리스토텔레스는 단계적으로 범위를 정하고 분할하면서 대상을 신중하게 처리한다. 종종 그는 기준들을 대조하여 검증하고, 전형적인 예들을 보다 더 잘 구별해 줄 수 있는 결합 관계를 설정한다. 사실 경험에 의거한 그런 접근으로, 여러 가지 장르와 한정된 특정 요소의 엄격한 분류를 논리적으로 설명하고 실행하는 것이 교묘하게 이루어진다. 그때부터 저작물[4]의 구조에 대한 정확한 개념 설정은 필수적인 것이 되었다.

서문

1장부터 5장까지는 예술의 큰 영역에서 설정될 수 있고 사실 분석의 특정 대상이 되고 있는 두 장르, 비극과 서사시의 경계를 설정할 수 있는 폭넓은 범위를 정하고 있다. 시학을 부각시키는 예술은 재현(미메시스)[5]이라는 공통점을 가지고 있다. 그것은 시의 본질 그 자체가 된다. 예술은 이렇게 구별된다. a) 표현 수단에 따라; 서로 결합될 수 있는 언어나 멜로디·리듬, b) 대상에 따라; 묘사된 인물이 귀족인지 천민인지, 다시 말해 우리보다 나은지 못한지, c) 방식에 따라; 화자가 인물들의 행위를 재현하든지 아니면 인물 자신이 재현하든지(그것은 이야기와 극과 다르다). 그리고 아리스토텔레스는 시학의 기원들을 언급하고 있다. 재현의 즐거움은 인간에게 천부적인 것이다. 인간은 천성적으로 무엇인가를 인식하고 인지하기를 좋아하니까. 그리고 비극과 희극·서사시 장르의 구성과 있을 수 있는 이야기를 간단히 서술하고 있다.

비극

6장부터 22장까지는 거의 비극에 대한 상세한 정의, 그 완벽한 형식의 결정에 할애되어 있다. 비극은 앞서 제기된 기준에 따라 역시 시편에 의존하는 운율이 있는 언어(운문)에서 인물들 자신이 행한 고상한 행위의 재현으로 정의된다. 연민과 공포(번역자에 따라 불안·두려움으로 번역되는)를 야기시킴으로써 비극은 관객에게 일종의 감정의 정화(카타르시스, 정념의 정화)를 일으킨다. 비극의 요소는 전체가 여섯 항목으로 구성되어 있다.

—— 말하자면 '비극의 정수'(1450*a* 38)인 스토리는 여러 가지 행위의 조합으로 정의된다.

—— 인물들의 어조와 행위에서 규정지어진 선택을 의미하는 성격(15장)은 줄거리에 비해 부차적이고, 줄거리가 어떤 행위(1450*b* 1)를 묘사한 경우에만 드러날 뿐이다.

—— 사상(19장)은 아리스토텔레스가 이 말에 개인을 떠난 논증과 보편적 진리, 어조가 낳는 모든 결과, 즉 내포된 감정을 포함시키기 때문에 주로 수사학에 속한다.(아래 참조)

—— 말을 통한 사상의 표현(**가상 판단**, 20-22장)이나 표명은 문체의 근대적 개념과 일맥 상통한다.

—— 시편.

—— 마지막으로 **공연**(opsis)은 시학에 속하는 것이 아니라 행위의 재현으로 제요소들을 함축하고 있다.

스토리는 행위를 **재현하므로** 시학의 고유한 대상이다. 따라서 아리스토텔레스는 스토리에 11개의 장(7-14장, 16-18장)을 할애하고 있다. 스토리는 표현된 행위에서 일관성을 찾아내는, 너무 길지도 짧지도 않은 체계화된 총체이다. 말하자면 그것은 자신이 저지른 큰 과오 때문에 관객보다도 약간 더 귀족적인 인물에게 예기치 않게 닥치는 행복과 불행의 급변 같은 것이다. 가능한 한 스토리는 극적인 사건('peripeteia': 본래 의미로 대단원에 이르는 사건)과 인식을 포함한다. 아리스토텔레스가 늘 귀착하게 되는 전형적인 예는 오이디푸스의 이야기이다. 극 중에 메신저〔使者〕가 나타나 오이디푸스를 안심시키지만 자신이 누구인가를 밝힘으로써 도리어 오이디푸스는 절망에 빠진다. 바로 거기에 극적인 사건과 인식이 존재하게 된다.

이렇게 사건들은 전적으로 서로 관련이 있어야만 하고, 동시에 마치 우연이 고의로 작용하는 것처럼 놀라움을 자아내야만 한다. 그로 인해 관객의 내면에 생긴 공포나 연민의 감정은 그만큼 더 커지게 될 것이다. 그런 맥락은 사실임직한 것으로든 필연적인 것으로든 일단락지어진다. 시인은 일반적인 것(어떤 유형의 인간이 될 수 있는 것)을 말하는 반면에, 역사가는 특별한 것(예를 들면 알키비아데스에게 일어난 일)을 말하게 되니까.

서사시와 결론

23-24장은 서사시에 대해 논하고 있다. 서사시는 서술적 특성이나 길이, 행위의 여러 가지 상황을 동시에 나타낼 수 있는 가능성에 의한 것을 제외하고는 비극과 다르지 않다. 25장은 재현의 진실과, 특히 불가능한 것의 재현의 문제를 다루고 있다. 마지막으로 26장은 관객에게 신랄함(이야기는 무대에서 **이루어진다**)과 간결성·통일성, 적절한 효과를 고려해서 비극을 이용하여 5장의 끝부분에서 간략하게 설명된 바 있는 비극과 서사시의 비교로 결론을 맺는다.

아리스토텔레스의 저작은 십중팔구 불완전하다. 단적으로 말해 미완성이다. 희극은 첫머리에 예고되었음에도 불구하고 다루어지지 않았으니까. 더욱 놀랍게도 서정시(우리에게 아주 짧은 시)는 거기서 다루어지지 않았다. 근대에 들어와서 문학의 가장 순수한 표현으로 간주되고 있다. 저자는 개인의 이름으로 자기의 감정을 표현하기 때문에, 어쩌면 서정시는 이야기도 아니고 대화도 아니어서 어떤 인물에 의존할 수 없다는 이유로 아리스토텔레스학파의 기준에 벗어났을 것이다. 특히 서정시는 전체적으로나 부분적으로나 **미메시스**를 탈피한다. 다시 말해 서정시는 행위를 이야기로 꾸미고, 보편적인 차원으로 끌어올리면서 표현하는 것이 아니라 단지 주체의 감정을 표현한다. 문학의 보다 더 일반적인 개념이 아직 존재하지 않는 이상 결국 아리스토텔레스가 특별한 장르를 다루었다는 것에 주목해야만 한다. 그래서 1장부터 미리 그 개념의 미진함을 언급하고 있었던 것 같다.(1447*b* 1)

2. 발단: 플라톤의 의미의 평가 절하

시학의 기초는 서정시가 거의 존재하지 않은 상태에서 아리스토텔레스에 의해 마련되었다. 그러나 《시학》은 역시 대강 알 수 있듯이 완전한 시작이 아니다. 시학이 존재할 수 있고, 달리 표현하면 시인(극작가나 음영 시인[6])의 기법이 이론화될 수 있다는 것을 지적하면서, 아리스토텔레스는 영감과 미메시스의 가치라는 두 가지 점에서 자신의 스승 플라톤(기원전 427-347)과 견해를 달리하고 있다.

자아 상실로서의 영감

《이온》이라는 플라톤과의 짤막한 대화에서 소크라테스는 음유 시인[7]인 대화 상대자에게 평소의 주장대로 호메로스의 세계에 대해 이야기를 아주 잘 한다는 것이 왜 불가능한지를 설명한다. 그것은 배울 수 있고, 단지 호메로스만이 아니라 모든 시인에 대해서 이야기할 수 있는 기술(technè)을 전제로 하기 때문이다. 시 창작의 경우도 마찬가지이다. 시인들이 가장 좋은 작품을 쓰는 것은 기술의 후천적 인식이나 기법에 근거하는 것이 아니라, 신이 그들을 소유하고 있을 때 신적 망상, 강한 직감의 **열광** 상태에서 이루어진다. 그들은 순간적으로 정신을 잃고, 그들 내면에서 이야기하고 자석이 금속 고리를 끌어당기는 것처럼 그들을 잡아두는 것은 분명히 신과 같은 존재이다. 그들은 작품들을 암송하거나 아주 강한 열정을 느끼면서 신을 찬양하는 음유 시인들을 자석처럼 끌어들인다. 결국 음유 시인들은 관객들에게 그것을 알리는 역할을 한다.

이렇게 매달린 사슬은 모두 신의 자성과 같은 끌리게 하는 힘에 의해 형성된다. 그러므로 시인들은 지식의 보편성에 도달하는 것이 아니라, 그와는 정반대로 시의 여신 뮤즈가 가장 특별히 취급하는 장르에서 타고난 특별한 재능의 은총을 통해 맹목적으로 전문가가 되는 것이다. 반대로 아리스토텔레스에게 일반적 담론은 시인의 기술을 인식 대상으로 삼을 수 있다. 그런 기술은 무엇이든지 기술적인 방식으로 존재하기 때문이다. 그렇다고 해서 그가 '타고난 재능'의 역할(8장 1451*a* 24)을 부정하지는 않는다.

'미메시스'의 환상

플라톤은 아리스토텔레스가 시의 원리로 삼는 미메시스를 부정한다. 그는 《공화국》 제3권(386*a*-398*b*), 제10권(595*a*-608*b*)에서 시인은 화가와 마찬가지로 현실로부터 세 단계로 멀어진다는 것을 보여 주고 있다. 정말로 시인은 눈속임하는 거울 속에서처럼 시에서 사물을 감각적으로 표현한다. 그래서 감각적 현실 자체는 진짜 유일하게 존재하는 관념에 부합하는 외관이나 사물의 본질에 불과하다. 그런 조건에서 예술적 재현은 눈속임, 위험한 환상, '흉내의 흉내'(605c)에 불과하다. 실제로 그 세 단계와 일치하는 상황을 만들어 내는 세 가지 방식은 이러하다. 신은 사물을 정의하는 관념을 만들어 내고, 장인은 머릿속에 관념이 현존하기 때문에 이용자가 알리는 학문에 근거해서 거기에 적절한 대상을 만든다. 마지막으로 시인은 화가처럼 용도나 공작법을 전혀 모르는 상태로 일반적인 선입견에 따라 행동하면서 대상을 재현하고 맹목적으로 모방한다.

열정의 전파

시인의 기술은 가식일 뿐이며, 시인은(그렇지만 반신에 가까운) 영웅들과 신 자신들을 강한 열정에 사로잡히게 만든다. 시인은 관객의 영혼에서 가장 저속한 부분, 즉 이성이 아니라 감성에 의존할 뿐이다. 호메로스는 죽음을 두려워하고, 여인들처럼 한탄하는 영웅들과 어릿광대들처럼 웃고 있는 신들을 그리고 있다. 그는 아킬레우스를 화도 잘 내고 부도덕하며 탐욕스럽고 교만한 인물로 그린다. 이때 관객이나 독자는 일상 생활에서 비난하는 행동들을 주시하면서 기쁨을 느낀다. **미메시스**의 진정한 전파라고 할 수 있는 무의식적인 기계적 모방으로 결국 유사한 상황에 처하게 될 때 그렇게 행동할 것이다.

실제로 플라톤은 **미메시스**를 대화가 있든 없든 **디에제시스**(이야기, diégèsis)와 반대로 인간의 행위를 직접 모방하고 그만큼 큰 위험을 나타내는 극작법에 한정한다. 연극 배우는 다른 사람을 닮기도 하고 종종 자기보다 못한 사람을 닮기도 한다. 그리고 그는 이중인격의 소유자가 되기도 하고, 비열하고 가장된 감정을 느끼는 데 익숙해지기도 한다. 거기서 쾌락을 느끼는 관객 역시 양분된다. 이렇게 도시의 질서에 거짓이 도입되고, 진리의 이치에도 거짓이 도입된다. 인간에게 있어서 비난받아 마땅한 흥분된 상태에 몸을 내맡기는 체질을 강화시키는 것으로 만족하지 않는 **미메시스**는 각자에게 여러 가지 역할을 부여한다. 반면에 시민들은 각기 도시에서 잘 해낼 수 있는 정해진 역할이 있을 뿐이다.

국가적인 긴급 조치: 도시에서 추방된 시인

모방적인 시인은 세번째 영역을 구축하여 그릇된 예들을 계속 재론함으로써 젊은이들을 타락시키고 현자들에게도 나쁜 영향을 끼쳤다. 그런 시인은 도움이 안 되고 위험스럽기까지 한 존재이다. 그들은 플라톤이 《공화국》에서 정의한 도시의 전형에서 축출되었다. 특별히 정당성이 없는 시기에 허용된 시의 유일한 형식들은 신의 찬가와 선한 자들에게 경의를 표하는 찬가(순수한 이야기의 형식으로)일 것이다. 이렇게 미덕들만이 찬양될 것이고, 전형들은 시민들에게 유용히 제공될 것이다. 게다가 그 두 가지 노래 형식을 동반하는 음악은 영혼을 고양시킬 것이다. 그런 진정한 예술은 소리가 기하학적인 비율에 따라 운율로 취급되면서 감성으로 이해되기 쉬운 조화의 동등한 가치를 부여받게 되기 때문이다.

3. 《시학》의 첫장

시학은 상반된 두 개의 기본 이론이 나온 이후 오랫동안 빛을 보지 못했다. 누구나 선호하지만 진짜 새로운 방향은 문학에서 심사숙고되지 못했다. 아리스토텔레스와 플라톤은 18세기까지도 거의 인정받지 못하던 정화시키는 재현과 타락시키는 모방의 미메시스라는 하나의 틀을 마련하였다. 다시 말해 그것은 연극 장르(비극과 희극)의 본질적인 문제이고, 시인의 타고난 영감과 분명한 노력의 뚜렷한 대립이다.

시인이 드러내는 글쓰기 기술

연극술과 비극을 폭넓게 다루고 있는 호라티우스(기원전 65-8)의 《시학》은 실질적으로 본래 시학의 가치를 벗어나 아리스토텔레스의 원칙들을 상황에 맞게 서술하고 분명히 만들고 있지만 규정된 양식으로 이루어진 것이다. 사실 피종의 부유한 명문가 출신의 두 젊은 이에게 보낸 운문으로 된 서한체 시와 관련이 있다. 호라티우스는 도중에 문학에 대한 애정과 증오를 보이면서 두서 없이 대화하듯 젊은 시인들에게 충고한다. 무엇보다도 그는 독자의 심금을 울리고, 또한 형식미를 통해 독자의 정신을 매혹시키며, 즐거움과 유용성을 겸비하라고 충고한다. 제1의 합목적성, 말하자면 인물들이 하는 말은 그들의 나이에 걸맞아야만 한다. 그리고 현존하는 장르의 규칙들을 존중해야만 한다.

그것은 하나의 이론이 아니라 종종 아리스토텔레스의 이론과 같이 이론이 존재를 전제로 하는 일련의 규범이다. 그렇게 함으로써 호라티우스는 여기서 고찰된 의미의 시학 외에 오늘날까지 존속되고 있는 하나의 장르를 창조하였다. 확인된 저자는 경험에 비추어 신인에게 실질적이고 거의 기술적인 충고를 하고, 피해야 될 과오들을 환기시켜 준다. 호라티우스는 분명한 예를 들어 시인에게 일반적인 것을 금한다. 시는 사치이고 일반적인 견해라고 하더라도 어떤 기량을 요구하기 때문이다. 무관심한 독자들이 따르게 만들고 나서 가치가 분명히 있다는 것을 공표해야만 한다.

예술가인가, 장인인가?

그러한 관점에서 플라톤과의 논쟁이 계속되고 있다는 사실이 드러난 것은 인상적이다. 시인의 끈기 있는 저작을 지적하기 위해 대장장이의 머리에서 줄곧 떠나지 않는 비유는, 시인이 개념을 밝힘으로써 감각적 현실을 잉태시키는 완전한 장인이지 신의 구술만을 베껴 쓰는 무지한 자가 아니라는 것을 입증하고 있다. 노력(studi-um)과 타고난 재능(ingenium)이 겸비될 때 진가를 발휘한다.(《시학》 v.408-411) 호라티우스와 함께 시작된 《시학》의 모든 이야기는 어떤 측면에서 시인의 명예를 회복시켜 시인을 모방자의 지위에서 창조자, 즉 그 분야에서 신과 같은 지위나 진실과 거짓을 능숙하게 교착시키면서 행동할지라도 최소한 진짜 현실적인 작품 생산자의 지위로 바뀌도록 만들기 위한 각고의 노력으로 비칠 수 있다.

2. 수용의 시학

1. 수사학의 운명

아리스토텔레스 이후 문학 이론의 근대적 의미에서 시학은 르네상스 시기까지 일시적으로 사라진다. 그렇지만 담론의 다른 유형, 즉 말 그대로 설득하기 위해 말하는 기술이라고 할 수 있는 수사학(rhétoriques)은 파롤의 유효성과 에너지로 집중되어 함께 발달된다. 수사학의 영역은 의견(전달하는 것이 중요한)과 있을 법한 것의 영역이지, 수사학이 도움이 될 수 있다 할지라도 과학과 진실의 영역은 아니다. 담론이 이를 듣는 이에게 영향을 끼친다는 범위에서, 수사학에서 담론이 상황으로 취급되듯이 수사학은 설령 그 영역이 문학을 크게 벗어난다 할지라도 문학 현상의 일부를 고려한다. 또한 여기서 담론 기술의 위력으로 도시 국가에 제기된 정치적 문제를 강조했던 플라톤과, 특히 기원전 329년경에 씌어진 《수사학》에서 그 적용과 독자적 연구의 목적을 실제로 체계화한 아리스토텔레스가 그 시조이다. 그후 그런 토대 위에서 수사학은 헬레니즘 시대, 로마 시대의 웅변 문화를 거쳐 스콜라적인 중세까지 놀라울 정도로 발전하게 된다.

담론의 다섯 가지 분야

우선 시학의 관점에서 기억되어야만 하는 것은, 수사학에서 어느 웅변가든 담론을 구성할 때 거칠 수밖에 없는 단계들로 구별되는 5개 분야이다.

라틴어로 **논리 발견술**(inventio)은 이념과 논쟁이라는 담론의 내용 추구에 해당한다. **논거 배열술**(dispositio)은 다른 부분으로 담론의 구성과 그것의 내적 질서를 포함한다. **표현술**(elocutio)은 더 특정하게 단어의 선택과 통사적 구성, 문채 같은 표현과 관계가 있다. 그다음 **기억술**(memoria)이 있다. 웅변가는 담론을 작성하면 그것을 외우다시피 해야만 한다. 그 점에 관해서 그는 다른 기억술의 방법에 의존할 수도 있다. 마지막으로 **연기술**(actio)이나 대중 앞에서 담론의 구체적인 발음 때문에 웅변가에게도 배우처럼 확실한 표현법과 분명한 몸짓이 요구된다. 앞의 세 분야는 분석의 여러 수준에 따라 담론의 구성을 논하고, 분명한 틀(구성의 3단계, 세 가지 수준) 속에서 저자가 선택할 수 있도록 되어 있기 때문에 시학이 집착하는 형식의 추구와 관련이 깊다.

웅변의 세 유형과 문학의 개념

그리스인들이 정리하여 분류하고 있는 웅변의 세 유형 역시 문학이 차지하게 될 자리를 은연중에 나타내고 있으니 주의를 기울일 필요가 있다.

—— 판단력: 사실상 법정에서 적용되는 판단력은 지나간 사건들에 대해서 논한다. 그것은 아리스토텔레스에서 수사학 교육론 《웅변 교수론》의 저자 퀸틸리아누스(기원전 30-기원후 100)에 이르기까지 수사학의 거장들이 아주 많이 연구했던 분야이다.

—— 자문 능력: 자문 능력은 정치 집회에 적합하다. 대중에게 미래에 대한 유용한 결정을 내리도록 권유하는 것이 중요하다. 후기 그리스 로마 시대 아우구스티누스에서 보쉬에에 이르기까지 그러한 웅변은 그리스도교 설교자들의 것이었다.

—— 설득력: 설득력은 우선 엄숙한 축제를 계기로 행해지는 신들이나 인간들의 찬양이 목적이었다. 정확한 의미로는 찬사가 목적이었다. 그리고 그것은 개인이나 기관을 고발할 필요가 있는 비난을 포함한다. 그것의 주된 기준은 아름다움이고, 그것의 언급 시기는 현재이다.

담론의 마지막 유형은 다른 것들에 비해 근거가 없다. 그것은 듣는 사람에게 당장 구체적인 결정을 하게 만들려는 것도 아니고, 하물며 어떤 의미에서든 행동하게 만들려는 것도 아니다. 그렇지만 그것은 그것을 듣는 효과를 낳고, 그것의 유일한 아름다움으로 감동시키며, 그 자체로 기쁨을 얻게 한다. 여기서 이 경우 수사학은 설득하기보다는 마음을 사로잡는 것을 목적으로 삼는다. 언어는 목적으로 사용되면서 자각하고 그 결과로 문학이 되는 것처럼 보인다. 그와 같은 담론의 미학적 용법은 문학의 자율성과 문학의 특별한 가치 인식을 추구한다.

그후부터 교육은 수사학의 과정을 거친다

수사학은 다른 관점에서 문학에 접근하고 있다. 그리스 도시 국가들과 몇 세기가 지난 뒤, 로마에서 시민의 삶과 대중적인 웅변의 상관적인 쇠퇴와 함께 문학은 여러 가지 예들의 근거에서 보는 바와 같이 수사학에서 중요한 자리를 차지하기 시작한다. 상호간에 말을 잘하는 기술인 수사학은 마찬가지로 잘 쓰고, 문장들의 균형을 맞추며 담론의 문채를 다듬는 기술이 된다. 이미 키케로(기원전 106-43) 시대에 수사학은 교육과 문화에서 핵심적인 자리를 차지하였다. 그리스 로마 시대 말기에 확정된 교육 과정에서 수사학은 문법과 논리학(또는 '논법')처럼, **중세 대학의 세 학문**(trivium) 과정에서 교육하는 기본 과목 중의 하나가 된다. 이 세 가지 기본 과목은 모든 의사 소통과 관련이 있다. 다른 네 가지 자유 과목(산술·기하·음악·천문학)으로 넘어가기 전에 언어와 생각, 그것을 설득력 있게 만드는 방식에 통달하는 것이 필요하다.

작문의 실제를 위한 그와 같은 방향 설정은 오늘날까지 문학에 대해 지니는 인식에 상당한 영향을 끼쳤다. 수사학은 18세기부터 학식 있는 교양의 토대를 잃기 시작한다. 요컨대 여전히 고대의 화술, 다시 말해 문체의 문제와 밀접한 수사학은, 문법적인 문채(대조법·변화반복법·점층법 등)와 갖가지 비유나 유일한 단어(은유·환유·제유 등)에 영향을 미치는 의미 작용의 문채를 분류·정리하는 것으로 만족한다.

2. 시학의 재생과 위대한 재발견

중세 시대에 시학의 규칙을 체계화한 수많은 개론들은 특히 호라티우스에게서 착상을 얻은 것이다. 아리스토텔레스의 개론이 언급되고 번역되고 실제로 유럽의 석학들에게 중시되었던 것은 르네상스 시대에 이르러서이다. 16세기 중반부터 이탈리아, 그 중에서도 피렌체와 베네치아에서 스칼리게르(1484-1558, 이탈리아 의사, 인문주의자)와 카스텔베트로(1505-71)의 책과 같이 우연치 않게 재발견된 그런 위대한 책의 모방과 해석, 때로는 비평과 논쟁이 확산되었다. 그러나 그런 재출현은 시학에 큰 도움이 되지 않았다. 텍스트는 왜곡되기도 하고, 신성시되기도 하였다. 그 의미는 특히 비극이 자아내야만 하는 정념의 도덕적 '정화'와 삼일치 법칙(행위·장소·시간)에 관련된 희화적인 몇 가지 형식에 고정되어 있었다. 반면에 행위의 일치는 분명히 아리스토텔레스에게만 있다.

또한 그 시기에 롱기노스(기원후 3세기 그리스의 수사학자)에게 잘못 부여된 《숭고에 대하여》가 재발견된다. 숭고함은 독자나 관객에 대한 미학적 효과에 의해서만 접근될 수 있다. 그러한 효과를 자아낼 수 있는 분명한 방법은 없다. 왜냐하면 그것은 '고매한 정신의 반향'이기 때문이다. 재생에 대한 독자의 상상력은 생산적이 된다. 그 개론의 익명의 저자는 개념을 정의하기보다는 오히려 고전적 텍스트(호메로스·핀다로스·데모스테네스)와 성서적인 텍스트(〈창세기〉)에 나타나는 숭고함의 예들을 모으고 있다.

3. 부알로: 양식과 숭고

니콜라스 부알로 데스프레오(1636-1711)는 누구에게나 인정받는 '파르나스의 규칙제정자' 라는 칭호를 부여받은, 확고하고 단호한 어조의 《시학》을 내놓았던 1674년, 그해 《숭고에 대하여》를 번역하였다. 그런 결합은 고전주의를 코드화하는 부정적인 이미지라는 뉘앙스를 풍길 수 있다. 사실상 그의 비평 작품의 간결한 일람표는 비평이 바로 그 사람 자신의 합리주의를 탈피하는 것처럼 보이는 곳을 부각시킬 수 있다.

억제된 시

부알로는 《시학》의 마지막 행에서 "처신을 잘 한다기보다는 비난하는 경향이 강한, 약간 거북스럽지만 종종 필요한 비판자"라고 자처한다. 실제로 그의 계획은 본질적으로 제한적이다. 그는 위험을 알리고, 결점을 고발하며, 사명을 다하지 못하는 시인들을 가차없이 비난한다. 호라티우스보다 부알로에 의하면, 시인의 이상은 자기 자신의 비평가가 되고 **자연미**, 다시 말해 이성으로 선별된 자연을 인위적으로 재현하기 위해 기질이 그렇게 만드는 지나침을 엄격한 규율로 근절시키는 것이니까 말이다. 부알로는 다른 여러 가지 지나침 중에서 익살극의 저속성, 재치 있고 **세련된** 자들의 허풍, 현학적인 것을 통한 인식의 서투른 축적을 고발한다. 그런데도 호라티우스를 추종하는 그 자신은 시의 완벽한 형식에도 불구하고 종종 동시대인들과의 격한 논쟁에 패배하고 있다. 《시학》은 또한 대개 임기 응변식의 저작이다.

상식, 다시 말해 각자에게 본래 존재하는 이성은 형식을 앞서야만 하고, 또한 필요하다면 형식을 억제해야만 한다. "잘 구상된 것은 분명하게 서술된다"(I, 153)는 유명한 말에 "각운은 당연한 것이고 맹종해야만 하는"(I, 30) 것임을 부연하는 것이 좋겠다. 시인은 강한 열정을 생생하게 표현할 만큼 언어의 달인이 되어야만 한다.

말로 표현할 수 없는 '알 수 없는 그 무엇'[8]을 통해 즐기기

부알로는 실제로 아리스토텔레스나 호라티우스보다 작품을 독자나 관객에게 맞추고, 작품이 생산해야만 되는 효과를 강조할 때 비로소 두각을 나타낸다. "우선 비밀은 환심을 사고 감동시키는 것이다."(III, 25) '환심사기'와 '즐거움'·'쾌락'과 같은 단어들은 《시학》에 어울리는 말이다. 그런데 더할 나위 없이 마음에 드는 것은 분명히 특수 효과에서 전체적으로 정의된 숭고함이다. 말하자면 "그것은 놀라게 만들고, 강한 인상을 주며 마음을 사로잡고 집착하게 만드는 것"(III, 188)이다. 특히 숭고함은 슬며시 모습을 감추는 것이다. 말하자면 그것은 예술 작품을 보면서 아무 말도 할 수 없어서 자신도 지나치는 한계점, 인간의 감정 분출 자체이다. 그러므로 숭고함은 근본적으로 말로 표현하기 어렵다.

그 중에서도 부알로는 모든 정의를 인정하지 않는 명칭, 즉 알 수 없는 그 무엇을 언어를 회피하는 결과에 부여하면서 재현의 미학이나 모든 것이 이야기될 수 있기를 바라는 미메시스에 숭고함을 통합시키고자 한다. 그후부터 자연 풍경화는 종종 단어들과 무관해진 에너지의 예기치 않은 분출에서 불가사의(이 말이 숭고함에 부여하는 또 다른 명칭)에 가까운 담론 형태를 가져야만 한다. 《시학》에서 부알로는 시의 개념을 현실의 논증이 확실한 회화처럼 직접 적용하고 있다. 거의 각 시행은 그의 이론의 특징을 이미 그 자체로 의미 있는 작은 도표처럼 설명하고 있다. 이러한 것이 어쩌면 중시해야 할 몇 가지 규칙, 또는 추론을 하나의 시행으로 압축하는 그런 저작의 간결한 표현들이 왜 그렇게 많이 유명하게 남아 있는가를 설명해 줄 것이다. 부알로에 의하면, 숭고함은 바로 작고 세심한 것에 대한 배려에서 나타난다는 것이다.

이런 개념은 18세기 **미학**의 탄생을 거쳐 장기적으로 낭만주의에 이르기 때문에 중요하다. 빅토르 위고는 실제로 낭만주의극이 지향해야만 하는 눈부신 아름다움을 그로테스크함과 숭고함의 혼합으로 정의하게 된다.

3. 표현의 시학

1. 특별한 비교로서의 회화

플라톤 이래 시는 회화와 체계적으로 비교되고 있다. 제일 먼저 플라톤이 그런 것처럼 거짓이라는 측면에서 시와 회화의 유사성을 비방하거나, 아리스토텔레스와 부알로처럼 시와 회화가 주제로 삼고 있는 가장 소름끼치는 현실의 숭고화를 강조하는 것이 중요하다. 그런 비교를 통해 호라티우스는 작품마다 특별한 독서의 관점이 어울린다는 것을 지적하고 있다. "시나 회화나 매한가지이다. 그대가 그림에 가까이 접근하면 할수록 더 한층 마음을 사로잡지만, 그 그림에서 멀어지면 다른 그림에 사로잡히게 된다."[9]

두 행에서 보는 바와 같이 회화적 유추는 재현의 핵심적인 문제를 제기할 뿐만 아니라 또한 수용의 중요성을 이끌어 낸다. 아마도 회화는 더 가시적인 방법으로 관객을 등장시키기 때문일 것이다. 18세기에 회화와 시의 대조는 미학, 마치 수용의 측면에서 구성된 새로운 학문인 미학이 뿌리내리는 중요한 영역이 된다. 여전히 관객에게 자리를 넓게 확보해 주고 있는 이 세기는, 모든 면에서 낭만주의와 함께 비약적으로 발전하는 표현의 시학으로 넘어가는 과도기처럼 비친다.

디드로, 관객과 저자

디드로(1713-84)는 예술 비평에서, 연극처럼 그림에서도 관람객을 망각하지 말고, 관람객의 시선에 인위적으로 대비되는 것처럼 보이는 바가 아무것도 없도록 할 것을 권고한다. 그의 상상력은 상연된 연극에 마음대로 빠져들고, 인물들과 공감하는 데 아주 자유롭기 때문에 그런 식으로 디드로가 감동을 크게 느끼는 것은 역설적이다. 그런 미학은 바로 관객뿐만 아니라 관객의 부재에도 초점을 맞추고 있다는 사실이 인상적이다.

디드로는 《백과 전서》(1751)에서 '아름다운(Beau)'이라는 개념을 신이 인간에게 부여한 미(美)의 의미에 두는 것이 아니라 작품에서 전체와 부분의 조화에 대한 인식, 다양한 가운데 정신에 나타나는 통일성으로 정의한 사람 가운데 한 명이다. 이렇게 작품은 저마다 일시적으로 유지되는 관계와 무관하게 어떤 특성(통일성)이 인정되어야만 한다. 아마도 수용이 아닌 작품의 독창성을 창작자에게서 찾아야만 할 것이다. 그렇지만 디드로는 미학적 고찰뿐만 아니라 작가의 실천에서도 혁신적이었다. 디드로는 《운명론자 자크와 그의 스승》(1773년경에 씌어짐)으로 창작자의 전능함을 보이며 문학계에 등장한다. 그는 수 세기 동안 그 세계를 떠나지 않는다.

2. 미학 또는 예술론

근대적 의미의 미학이란 용어는 1750년 독일의 철학자 바움가르텐(1714-62)에 의해 만들어졌다. 미학은 단번에 한편으로 아름다운 것의 감각적 인지와 기호의 판단, 또 다른 한편으로 예술의 본질 및 여러 가지 형식과 연관이 있는 철학의 분야를 가리킨다. 독일에서는 두 방향 가운데 후자의 경우가 지배적이다. 미학은 체계화되고, 종종 시에 특별한 자리를 부여하는 예술 일반론으로 바뀌는 경향을 보인다.

시의 우월성

출발점부터 미학적 고찰에 소용되는 조각된 신화군의 이름《라오콘: 회화와 문학의 한계에 관하여》(1766)에서 독일의 작가 레싱(1729-81)은 비시간적인 조형적 완벽함의 예술인 회화나 조각보다 넓은 의미를 지니는 시의 우월성을 증명하고 있다. 시는 지속성, 일시적인 것, 연속선상에서 대조를 이루는 것들, 아름다움과 추함, 행위와 감정을 표현할 수 있다. 그 재료(언어)의 본질에 의거한 묘사는 대상을 만들거나 인물이 일으키는 반응을 이야기하면서 역동적으로 이루어져야만 한다. 예를 들면 호메로스의 작품에서 판다로스의 활이나 헬레네의 미모는 그렇게 묘사되고 있다. 근본적으로 시는 우화에서 서사시와 연극에 이르기까지 순간적인 인지에 그치지 않고 삶처럼 계속 역동적일 수 있는 힘이 있다.

낭만적 감정의 용인: 숭고함

그렇지만 예술의 공통점은 특히 예술들의 비교에서 나타난다. 요컨대 그것은 숭고함을 아름다움의 측면에 할애한 철학적 체계, 즉 칸트(1724-1804)가 《판단력 비판》(1790)의 제1부에서 전개하고 있는 체계에서 분명히 나타난다. 아름답다는 느낌은 감각 형식에서 연유하는 상상력의 조화로운 유희에 일치한다. 반면 머릿속에 위협을 느끼게 하는 절벽이나 거센 폭풍우, 분화중인 화산 같은 자연 풍경이나 이집트의 피라미드같이 인간이 만든 거대한 건축물 앞에서의 숭고함은 상상력을 고양시키는 자연의 무한한 장엄함으로 떠오른다.

3. 천재의 내적 표현

17세기말 프랑스에서 일어났던 신구 논쟁 이후 유럽 전역에서 예술을 고찰하는 한 가지 중요한 의문이 사람들에게 제기된다. 아직도 고대인들(그리스나 라틴 작가들)을 모방해야만 하는가? 먼 과거의 주요 인물들의 열렬한 모방은 잘못된 미메시스의 결과라는 것이 점점 분명하게 드러나고 있다. 온갖 종류의 인간 감정을 그리려면 자연과 같은 진실과 단순성의 영원한 전형으로 돌아가야만 한다. 어쨌든 그것은 18세기, 적어도 디드로에 이르기까지도 공통된 견해였다.

그러나 1770년대 독일의 전기 낭만주의 이론가들에게 있어서 진정한 예술은 자연의 모방이 아니라, 대다수보다 우수한 개인의 표현이라는 관념이 절실히 요구된다. 모델, 아니 오히려 이제 더 이상 모방하는 것이 중요하지 않기 때문에 절대적 지시 대상은 레싱에게 세익스피어가 되고 후대인 스탕달이나 위고에게는 괴테가 된다. 칸트가 레싱에 가까운 용어로 설명하듯이 예술은 이미 정의된 규칙에 따라 자연을 모방하는 것이 아니라 예술에 규칙을 부여하는 예술가, 다시 말해 천재의 머릿속에 있는 자연이다.[10]

낭만주의자들에 의한 절대로서의 작품

18세기 전환기에 독일에서 《아테네움》을 중심으로 한 예나 클럽은 몇몇 시인들과 철학자들을 다시 모이게 한다. 그들은 문학 작품의 낭만주의적이고 근대적인 개념의 토대를 마련한다. 슐레겔 형제와 노발리스·셸링은 괴테의 친구 가운데 하나인 카를 필리프 모리츠(1757-93)를 유일한 선구자로 인정하고 클럽에 가입하게 된다.[11] 그들에게 선동되어 모방의 빛바랜 개념은 결국 의미와 가치가 바뀌게 되었다. 작품에서 두번째 단계로 자연의 산물들을 모방하기보다는 조물주가 피조물들을 만드는 식으로 자신을 신과 결연시키는 행위를 통해 독창적으로 창조하는 것이 예술가이다. 인간의 가치는 바뀔 뿐만 아니라 그 바람에 작품은 단순한 반영이나 일반적인 모방이 아니고, 현실 세계를 모방한 일관성 있고 구조화된 우주로 간주된다.

자연에서는 외적 궁극 목적의 부족감이 지배적이다. 그것 때문에 대부분의 존재들은 다른 존재에 의해 실행되도록 자기를 벗어나게 된다. 그와 반대로 '그 자체로서 완성된 총체'라고 정의된 아름다움은 자연을 능가한다. 아름다움은 예술에서만 완벽하게 실현된다. 예술의 **자동사적 기능**(외적 궁극성의 부재)은 내적 필연성의 또 다른 명칭에 불과하다. 작품은 외적인 것을 아무것도 가리키지 않고 실제로 그 자체를 가리킨다. 말하자면 작품은 내적 관계 속에서 제각기 의미하는 바가 있고, 그 자체로 최선의 묘사이다. 그래서 설명하는 일은 헛된 일이다.

낭만주의적 내면성의 세계

낭만주의는 독일적인 기원으로 볼 때 절대의 시대이다. 문학 작품 뿐만 아니라 주관성도 절대적인 것이다. 헤겔(1770-1831)[12]에 따르면, 낭만주의 시에서 정신은 감각적 형식을 넘어서 그 고유의 세계, 즉 감정과 영혼, 한 마디로 내재성의 정신 세계로 숨어들고, 주관적 영혼을 가장한 채로 외부 세계를 표현코자 한다. 그 바람에 소설은 사실주의 형식을 드러내면서 미메시스가 영속되고 강화되는 특별한 장르가 된다. 말하자면 소설은 서사시의 부르주아적이고 산문에 가까운 이본(異本)으로 서사시처럼 "전세계를 그린 그림과 일상을 그린 그림"을 필요로 하지만, 국가 탄생의 서사시가 없는 상태에서 "서정시와 사회적 관계, 상황의 우연성을 다룬 산문과 갈등"을 자주 일으킨다. 사실상 장기적으로 보면, 소설은 여전히 스탕달 같은 소설가가 현실을 반영하는 것이라고 주장했던 거울을 결국 깨고 마는 내적 독백의 근대적 형식이라고 할 정도로 내적인 삶에 한층 더 가깝다.

4. 객관의 시학

낭만주의 이론들은 결국 인지 가능하지만 완전히 표현하기 어렵고 모방할 수 없는 작품 자체와, 다른 결론 없이 부분들 사이에 조화로운 통일로 아름다움이라는 관념에 작품들을 결부시키면서 문학의 자율성을 주장하였다. 그리스어를 모방한 근대적 용어로 작품은 자기 목적성이다. 부언하면 작품은 자체로(autos) 목적(telos)을 갖는다. 19세기말 시인 스테판 말라르메(1842-98)의 《책에 관하여》라는 몽상집은 작품의 낭만주의적 신성성을 극단으로 몰고 간다. 즉 "……세상에 모든 것은 한 권의 책으로 귀착되기 위해 존재한다." 모든 장르를 조화시키는 훌륭한 연금술서처럼 이상적인 그 책은, 외적 궁극성은 없지만 세상에 존재하는 궁극성을 모두 수용하고 그것을 책 자체에 정리하고 있다. 그후 발레리는 시적 언어에 관한 말라르메의 견해를 그대로 계승하는 맥락에서 시학을 언어 창조의 고대적 의미로 되살려 내고 있다.(서론 참조)

　이런 토대 위에 20세기는 문학사의 전복과 단절을 통해 변화되지 않는 것을 찾아내고자 하면서 문학과 작품의 특성들에 관해 심사숙고하기 시작한다. 여기서 현대 이론들은 그 자체가 포함되는 네 가지 큰 변화를 개괄하는 다음장들의 요지를 제공하는 것[13]으로 만족할 테니까 말이다.

1. 러시아 형식주의(1915-1930)

　20세기초, 10여 명의 연구자들은 원칙적으로 문학적 사건이 저자의 전기나 현대 사회로 축소되거나, 철학이나 종교적 이론에 포함될 수 없다고 주장하면서 텍스트의 구체적인 기능을 설명하고자 했다. 반대자들에 의하면, 아주 '형식적'인 문학 과학이 되려는 것의 주된 목적은 문학적 기법이다. 그래서 프로프는 러시아 전래 동화에서 서술적 구조를 밝히고, 야콥슨은 유럽의 시에서 소리와 문법의 상관성을 밝히고자 했다. 시학의 부활은 단번에 언어학의 부활과 밀접하게 연관되어 있는 것처럼 보였다.

2. 독일 형태론학파(1925-1955)

괴테에 의해 기초가 마련되고 살아 있는 자의 형식 이론에 영향을 받은 **형태론학파**는 장르의 전통적인 분류와 일반적인 문학 담론의 역동적인 형식에 관심을 갖는다. 이렇게 욜레스는 일상어에서 문학 장르의 기원에 속하는 '단순한 형식들'(속담·수수께끼·재치 있는 말)을 조사한다. 그 중에서도 귄터 뮐러는 《형태론 시학》에서 이야기하는 시간과 이야기된 시간의 근본적인 구별로 이야기 시간의 형식을 연구하고 있다.

3. '신비평'(1930-1950)

앵글로 색슨계의 비평가들은 일반적으로 문학 이론을 거부하고, 오로지 텍스트의 구체적인 해석에 중점을 두는 것을 더 선호한다. 그럼에도 불구하고 예를 들면 엠프슨은 문맥에 따라 시학의 모호성에 적절하고 다양한 의미의 동시성과 실현 문제를 조명하는 데 많은 기여를 하였다. 브룩스와 윔제트는 모호성에 아이러니와 역설의 영역을 부가시킴으로써 연구를 심화시킨다.

4. 프랑스의 구조주의 출현(1960-현재)

인류학자 레비 스트로스(1908~)는 언어학을 소위 원시 사회 기능의 인류학적 분석으로 바꿔 놓음으로써 먼저 언어학이 구축한 구조주의적 방법의 다양성과 자율성을 입증하였다. 동시에 언어학자

에밀 벤베니스트(1902-76)는 기호학 또는 기호과학을 혁신시켰을 뿐만 아니라, 그 중에서도 프랑스어에서 시간과 언어 양상이라는 두 체계로 나타나는 **담론과 스토리**의 측면으로 이야기를 분석하기 위한 근본적인 구별로 귀착되는 발화 행위의 언어학을 발전시켰다.[14]

언어 행위의 다양성을 설명하기 위해 종종 이원적이고 추상적인 대립에 의거한 언어학적 구조주의는 다른 차원의 문학적 담론에서 관여적 일관성을 끌어내고 관계를 살펴볼 수 있게 함으로써 시학에서 이상적인 도구로 비친다. 롤랑 바르트(1915-80)와 제라르 주네트(1930~), 츠베탕 토도로프(1939~) 같은 학자들은 여기에 계속 참여하고 있었다. 텍스트의 내재성의 구조주의적 공리를 약화시키고 **장르**, 즉 작품과 문학·스토리와 구조의 이중적 현실의 주된 개념을 확립하면서 실제로 독자·문맥과 더불어 '상호 텍스트'에 중점을 둔 이론으로 다시 돌아가게 되는 것 같다.

2

이야기의 시학: 서사학의 탄생

"세상의 이야기는 헤아릴 수 없이 많다."[1] 이야기가 전개되는 스토리는 무한히 변하는 것처럼 보일 뿐만 아니라 매체(언어·이미지·제스처), 의사 소통 방식과 예술이든 아니든 선사 시대의 동굴 벽화에서 역사 연대기에 이르기까지, 무언 광대극에서 동화에 이르기까지, 비극에서 오페라에 이르기까지 이야기가 있는 장르에 의해 달라진다. 설령 지리학과 문화의 모든 영역에서 이야기의 편재성 때문에 분석이 모순되는 것처럼 보일지라도 유사한 다양성을 어떻게 설명할 것인가?

이야기의 구조 분석

모든 서술 현상의 경험론적인 조사가 가능했다 하더라도 부진했을 것이다. 이상한 사건들의 동기를 설명하려면, 이론은 사건들을 지배하는 일반 규칙에 가설을 세우고 검증이 가능한 모델을 설정하면서 그보다 앞서야만 한다. 이런 경우에 태어난 문학 이론은 언어학과 유사한 구조를 통해 이야기의 묘사 단계를 정의하고, 연속의 구조-유형을 만들기 위해 단계별로 관여적 일관성을 구분하는 것으로 시작되었다. 이러한 방법으로 형태론(행위주·술부·기능) 및 통사론(절·시퀀스·구문 법칙)과 함께 이야기의 구조 분석이라는 이야기의 문법이 형성되었다.

서사학, 또는 텍스트로서 이야기의 이론

그렇지만 역설적으로 문법은 특히 내용, 즉 표현 방식과 거의 무관한 스토리나 행위 같은 이야기의 기호 의미에 영향을 끼친다. 그것은 문학과는 다른 기호학적 체계에 속하는 만화와 영화에도 적용이 가능할 것 같다. 그때부터 어떻게 이야기의 진정한 문학적 분석의 토대가 마련되었을까? 제라르 주네트는 아리스토텔레스와 마찬가지로 '이야기'를 극작법과 대조적인 이야기의 재현 동사법으로 정의함으로써(1장 참조), 전달하려는 스토리와 담론의 토대(서술)가 되는 발화된 순간과의 이중적 관계에서 서술 담론에 관한 분석 방법을 수정한다. 그후부터 동사에 한정된 문법이 문제시되고 있다. 왜냐하면 문장에서 행위를 수용하고, 이야기의 가능성의 토대를 마련하는 것이 동사이기 때문이다. 시제와 법의 동사 영역은 텍스트와 스토리의 관계와 연관되어 있는 반면, 태의 동사 영역은 텍스트와 서술의 관계와 연관되어 있다.

1. 이야기의 문법

관심의 대상이 되는, 특히 이야기의 언어적 본질에 의거한 이야기의 구조 분석은 근본적으로 문장과 담론의 유사 관계를 전제로 한다. 그러므로 구조 분석은 주어와 동사·보어·종속절·독립절이 있는 긴 문장으로 간주되는 이야기의 의미 영역에 대한 문법의 범주를 정한다.

1. 행위주의 분석: 이야기의 형태론

　치환의 은유적인 관계에 의하면, 하나의 이야기에서 인물들은 단
순히 실제 인물이나 그 복제가 아니다. 그들은 상호적인 구성의 환
유적인 관계에 따라 텍스트의 체계에 우선 자리를 마련하게 된다.
달리 표현하면 그들은 텍스트에 반영되는 독립된 자아처럼 텍스트
에 앞서 존재해 있는 것이 아니라, 대립과 유사함의 부차적인 **체계**
를 형성하면서 텍스트에서 나타나는 결과이다. 아리스토텔레스는 이
미 《시학》에서 인물들을 행위에 종속시키고 있다. "저자들은 활동중
인 인물들 덕분에 성격을 모방하기보다는 그와 반대로 여러 가지
행위를 통해 성격을 이해한다."(1450*a* 20) 그때부터 인물들을 조사
해 보는 것이 아니라, 그들이 플롯에서 맡게 되는 주요 **역할**이나 기
능을 조사해 보는 구조 유형학이 형성될 수 있다.

연극과 동화에서의 여러 가지 역할

　고전 희극의 배역들은 청년이나 순진한 처녀, 심술궂은 하녀, 분
별력 있는 하인, 나이들고 점잖은 남자, 그리고 부정한 아내의 남편
과 같이 그들의 상호적인 관계에 의해 이미 성격이 결정되고 정해
진다. 블라디미르 프로프(1895-1970)는 유사한 유형학의 연구에서 1
백여 편의 러시아 민간 전승 동화에서 모든 동화와 연관이 있는 31
개 '기능'이나 기본적인 행위(아래 참조)의 목록을 작성하였다. 동
화에서는 최초의 악행에서 종말의 속죄에 이르기까지 그 중에서 주
인공의 출발, 즉 악행을 저지르는 싸움, 가짜 주인공[2]을 알아내는 과
정을 거친다. 동화의 그런 불변의 질서 구조에서 이름과 속성이 정

해진 등장 인물들은 변수일 수밖에 없다. 그후부터 프로프는 인물의 불완전한 개념 대신에 **행위 영역**의 개념을 사용한다. 각자 플롯의 재편성으로 정해지기 때문에 그는 일곱 명의 인물, 주인공과 가짜 주인공·공주·수탁자(공주의 아버지)·기부자·공격자·보조자를 조사한다.

행위자 모델, 또는 도식화의 제한된 사용

용어들에 대한 관계에서 구조적 우위를 끌어낸 의미론학자 알기르다스 그레이마스는, 프로프의 행위 영역을 문장의 통사 구조를 정확하게 모방한 도식으로 재편성하고 일반화하기 위하여 언어학자 테스니에르로부터 **행위주**——직접 행동하거나 행위를 받아들이는——의 문법적 개념을 빌려 왔다.

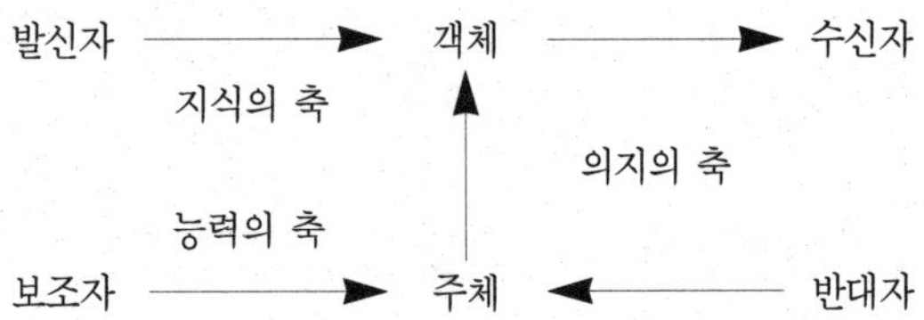

이 도식에서 끌어낼 수 있는 여섯 개 영역이나 '행위자 모델'도 각기 하나의 행위주이다. 말하자면 그것은 프로프의 행위 영역과 달리 어떠한 내용도 없고 필요한 술어도 없는 통사적인 순수 기능, 단순한 형식적 관계이다. 이 도식은 문장 전체의 의미(목적보어·귀속보어·상황보어)와 이야기 전체의 방향(욕망·의사 소통·능력)을 구축하는 것이라고 가정되는 동일한 세 관계를 간략하게 교차시키고 있다. 결과적으로 모든 것은 인간 관계를 세 유형의 관계로 제한하고, 이야기를 탐구의 스토리로 한정하는 큰 가설에 근거한다.

행위주는 개인적이거나 집단적일 수 있고 무생명체일 수도 있다. 예를 들면 지오노의 처녀작《언덕》같은 장소나 베르나노스의 작품에서 희망과 같은 추상적 개념을 들 수 있다. 행위자 모델은 단순화시키는 특성에도 불구하고, 서로의 관계가 플롯을 복잡하게 꾸미는 사람과 사물을 동일시하고 같은 장면에 등장시키려면 중요해 보인다. 그레이마스는 '사건의 해결' 작용을 통해 행위주들(가능한 배우급을 가리키는)의 외견상 정지 상태에서 대체·결핍·포화 상태를 강조한다. 그는 페로의《장화 신은 고양이》에서 하찮은 동물의 마술적이고 사리 사욕 없는 편재를 강조한다. 고양이는 물려받은 것이 고양이밖에 없는 가련한 주인(수동적 수신자)에게 보답으로 부와 귀족의 신분(행위자-객체)을 가져다 주려는 욕망에서 주체, 즉 놀이의 잠재적인 주도자[3]인 동시에 교활한 보조자이다.《빨간 모자》에서 늑대의 변장은 늑대가 반대자와 수신자의 기괴한 혼란을 일으킴으로써만 어린아이들에게 감미로운 전율을 느끼게 한다.

2. 기능과 시퀀스: 이야기의 통사 구조

배역의 추상적인 체계의 전체적인 분석과 관련하여 이야기의 통사 구조는 최소의 서술적 단위들과 그것을 통합하는 시퀀스로 점진적인 배열이 상세하고 연속적인 연구로 정의된다. 어떤 일체감은 미미한 서술적 존재를 지적하기 위한 **기능**의 명칭에서 형성되는 것이지 항상 의미의 확장에서 형성되는 것은 아니다. 프로프에게 있어서 기능은 "플롯의 전개에서 한 인물, 의미 작용의 관점의 행위," 다시 말해 다른 여러 사건과 달리 자료체인 동화에서 변함없는 행위였다.

토도로프와 이야기의 치밀한 구성

이야기와 문장의 유사성을 긴밀하게 따르는 츠베탕 토도로프는 그 나름대로 하위 단계에서 **기능**의 주된 유형을 두 가지로 구분한다. 기능들은 이야기의 논리적 분절[4]을 나타내는 서술절의 구성 요소이기 때문이다.

—— **행위주**: 통사론적 기능 외에 지시 기능도 갖는 행위주. 그것은 고유 명사[카라바스 후작: 정체를 알 수 없는 대영주, 페로의 동화 《장화 신은 고양이》에 등장하는 고양이의 주인]와 언어에서 색인 형태로 분류된 실사(고양이)처럼 시간과 공간에 위치해 있는 개인적 간청을 가리킨다.

—— **술어**: 술어는 언어에서 형용사(그 제분업자는 **가난하다**)처럼 상황을 변하게 만들지 않을 때는 정태적이고, 동사(고양이가 왕에게 사냥거리를 **제공한다**)처럼 상황을 변화시킬 때는 동태적이다.

이렇게 행위주와 술어로 구성된 서술절은 **시퀀스**라는 규칙적인 주기를 형성한다. 토도로프에게 있어서 완전한 시퀀스는 다섯 개의 절을 포함한다. 그것은 영속적인 힘의 간섭(2), 즉 불안정한 상황(3)과 상반된 힘(4)에 의한 원상태로의 회복을 받아들이면서 안정된 상황(1)에서 다른 상황(5)으로의 전이를 설명하기 때문이다. 하나의 이야기는 드물게 단 하나의 시퀀스가 된다. 특히 아주 기본적인 형식의 시퀀스가 된다. 그와 반대로 마지막인 동시에 최초의 서술 단위인 **텍스트**(그것이 그런 구분의 출발점인 이상)는 일반적으로 경우에 따라 차례로 결합될 수 있는 세 가지 주된 결합 절차에 의해 여러 개의 시퀀스의 구성으로 형성된다.

—— **삽입**: 하나의 이야기가 다른 이야기에 삽입된다. 다시 말해

주된 시퀀스의 절 자체가 새로운 시퀀스를 형성한다. 인물은 현재 상황을 설명하여 그가 원하는 바를 다른 인물에게 이해시키거나 사건을 지연시키기 위해 하나의 이야기를 한다. 《천일야화》의 상황에 딱 들어맞는 여성 화자 샤흐라자드는 그 자신의 죽음을 미루기 위하여 매일 밤 왕에게 이야기를 한다.

—— 연결: 시퀀스들은 서로 뒤얽히지 않고 선이 이어지듯이 계속된다. 러시아 형식주의자 치클로프스키는 같은 주인공이 그만큼 많은 에피소드를 형성하는 다양한 모험을 겪을 때 실꿰기를 이야기하고, 계속되는 시퀀스들이 같은 구조로 반복될 때 **수평 구조**를 이야기한다. 이와 같이 톨스토이의 단편 《세 죽음》에서는 한 여인의 죽음과 그녀의 마부의 죽음, 그녀에게 십자가를 만들어 주기 위해 쓰러뜨린 나무의 죽음이 대비되고 있다.[5]

—— 교착 또는 교체: 어느 때는 첫번째 시퀀스의 절로, 또 어느 때는 두번째 시퀀스의 절로 계속 이어지는 교착 또는 교체. 소설에서 빈번하게 사용되는 그런 방법은 동시성과 종종 음악적 대위법의 효과를 낳는다. 라클로의 《위험한 관계》에서 세실 드 블랑주의 이야기와 투르블 영부인의 이야기가 번갈아 나오는 것은 영부인의 중년기와 발몽이 적용한 유혹의 두 가지 전략을 대조시킨다.

브르몽: 시퀀스의 유형학과 이야기의 분기

'서술적 가능성으로부터 논리'[6]를 끌어내는 클로드 브르몽은 서술 가능한 모든 영역에 표지하는 경향이 있는 인간 행동이 규칙적으로 교체되는 통사 구조에 초점을 맞추고 있다. 브르몽에 의하면, 기본적 시퀀스는 더 상세한 시퀀스로 세분될 수 있는 과정 자체의 전개에 해당하는 세 기능의 삼위 일체(우발성, 행위로 이행, 완성)를 포함한다. 시퀀스들은 행위에 연루된 배역들의 ‘관점’에 달려 있는 두 가지 대분류, 개선과 **타락**으로 나뉜다. 주인공의 행위가 이야기를 지배한다. 그럼에도 불구하고 타락은 그 상대방에게 개선(식인귀의 사자로의 변신은 고양이를 겁나게 한다)되고, 시퀀스들의 ‘연결’로 구성된 어떤 이야기에서는 서로에게 특권을 부여하지 않으려는 두 역할이 대립된다.

브르몽은 이야기를 “같은 행위의 일치로 인간의 관심을 끄는 사건의 연속”으로 정의하면서 그런 연속의 우연성을 강조하는 독창성을 가지고 있다. 줄곧 그렇거나 아니면 거의 이야기는 곧 시작하는 임무의 수행과 연기, 계약의 이행과 위반, 공격과 협상이라는 양분에 이르게 된다. 거기서 분석학자는 제공된 양자 택일의 선택망을 구상하고, 삶과 마찬가지로 성공하거나 실재하도록 자유롭게 방향이 설정된 계획으로 형성된 이야기의 기본적인 **자유**를 분명히 밝힐 수 있다. 이와 같은 이야기의 이론은 결국 **인류학**, 즉 인간의 총체적인 개념에 기초를 두고 있다. 어쨌든 그런 시퀀스들의 명칭들(계약·임무·과오·계략)은 모두 서술 활동과는 무관한 인간의 기본적인 행동들을 기술하기 때문이다. 상세하고 엄격한 그런 유형학은 특히 불가사의한 동화들처럼 ‘강한 교훈적인 요구’의 이야기들을 분석하는 데 효과적이다.

바르트에 의한 기능과 표지: 이야기의 사슬 같은 고리

바르트는 ‘기능’을 그것 때문에 두 요소가 조합된다는 거의 수학적인 의미에서 그 길이가 어떠하든간에, 이야기의 맥락에서 타자에 의해 완성될 수밖에 없는 서술적 분절체라고 명명한다. 그는 이야기 속에서 기능의 상관성이 같은 수준(서술적 통사 구조의 수준)에 설정되느냐 상위 수준(행위주나 전체 이야기의 수준)에 설정되느냐에 따라 기능을 크게 두 가지로 분류하여 구별한다. 첫번째는 엄밀한 의미로 기능이고, 두번째는 표지이다.[7]

따라서 기능은 이것을 '충족시키는' 다른 기능을 가리킨다. 플로베르의 《3편의 이야기》 가운데 하나인 《순박한 마음》에서 펠리시테가 가정부로 일하는 집에 얼핏 보아 무의미해 보이는 앵무새의 등장은 이야기의 전체 공간을 통해서 보면, 그녀가 그 새를 박제할 정도로 일생 동안 가슴에 품고 지니게 되는 숭배를 가리킨다. 그와 반대로 표지는 이상한 사건에 해당되는 것이 아니라, "다소 확산되지만 스토리의 방향에 필요한 개념"을 가리킨다. 말하자면 그것은 등장 인물들의 성격, 시간과 공간의 정확성, 분위기의 묘사이다. 이러한 구별은 표지들이 많은 심리 소설에서 기능의 엄격한 맥락이 지배하는 장르, 즉 전래 동화를 미리 판단하지 않고 이야기들의 첫번째 분류를 가능케 해준다.

몇몇 기능의 역할은 그것이 생략된다 하더라도 이야기 전체가 그로 인해 수정되어 있는 바 그대로이다. 바르트는 브르몽도 강조하는 그런 교착, '이야기에서 위기의 순간들'을 주요 기능 또는 핵심이라고 명명한다. 그런 맥락은 연속되는 단순한 연대기순 이야기의 무게를 지탱시키는 인과 관계의 질서, 논리적 짜임새를 중첩시키는 경향을 보인다. 우화의 엄격한 질서를 정의하는 핵심에 비해 다른 모든 단위들(기능과 표지)은 어떤 의미에서 필요 이상의 것들이다. 바르트는 '그런 이야기의 진정한 전환점들' 사이에 공간을 채우고 이야기를 구체화하는 다른 기능들을 촉매 작용[8]이라고 부른다. 그것은 항상 핵심에 연결되어 행위를 장황하게 만들고, 독자에게 그것을 기다리게 만들며, 재차 관심을 가지게 하거나 타락시키는 이야기의

'사치'이다.

  표지 역시 두 가지 하위 분류로 나뉜다. 말하자면 한편으로 그것은 엄밀한 의미로 암암리에 성격·감정·분위기·이데올로기를 가리키고 해독 활동을 가정하는 **표지**와 또 다른 한편으로 시간과 공간 속에서 확인하고 직접 위치시키며, 특히 지시 대상에서 이야기를 확고하게 만드는 것을 목적으로 삼는 **정보**이다. 물론 이야기 단위의 대부분은 혼합되어 있고, 동시에 그것은 여러 가지 기능을 갖는다. 말하자면 바르트가 시작 부분의 여러 페이지를 분석한 바 있는 탐정 소설 《골드 핑거》에서 제임스 본드가 공항 로비에서 위스키를 한 잔 마실 때, 호화로운 근대성과 무기력한 어떤 분위기를 내포하는 표지처럼 **비행기를 기다린**다는 주요 기능과 연관된 촉매 작용이 관계된다.

  그후 발자크의 단편 《사라진느》를 대상으로 《S/Z》라는 제목을 붙인 연구에서, 바르트는 다른 텍스트들과 역사와 사회에 대한 분석의 길을 열어 놓는 코드에 따라, 구조 분석보다는 하나의 특이한 텍스트가 내포된 의미층으로 어떻게 **해체되는가**를 보여 주는 텍스트 분석을 택함으로써 이야기들이 어떻게 **만들어지는가**를 보여 주는 구조 분석에서 **멀어진다**. 이런 아주 치밀한 분석은 선택한 텍스트를 독서 단위나 **하나의 단위가 되어 낱말처럼 쓰이는** 모든 **종류의 언어 표현**(단어 하나로부터 한 단락에 이르기까지)으로 나누는 것으로 시작해서 **의미화 과정**이나 의미의 다원적인 생산을 신중하게 살펴보게 된다.

2. 텍스트의 화용론 영역

먼저 여기서 제기된 관점 —— '이야기의 담론'[9]에서 제라르 주네트의 관점 ——은 서술 담론, 즉 언술 행위의 일관성이나 담론의 일관성도 없고, 일련의 사건으로 정의된 역사나 서술성도 없는 담론으로 간주된 이야기에 초점을 맞추고 있다는 것을 상기하자. 그렇기는 하지만 허구의 이야기와 관계되는 서술 담론만이 탐구가 가능하다. 왜냐하면 서술 담론으로 이루어진 스토리는 이론상으로 다른 근원에 의해 재구성될 수 없고 언술 행위, 즉 서술 자체도 조작되기 때문이다. 그러므로 서술 현상, 다시 말해 한편으로 시간성과 재현 방식, 또 다른 한편으로 서술태를 더 분명하게 인지하려면 서술 담론을 통해서나 그 안에서 두 가지 측면을 연구해 볼 수밖에 없다.

1. 스토리의 시간에 직면한 이야기의 시간

물론 서술적 텍스트는 기호들의 공간일 뿐이다. 독서만이 텍스트에 환유적인 시간을 부여한다. 그래서 이야기의 시간은 거짓 시간에 불과하다. 그렇지만 재현된 세계의 시간(diégèse)[10]과 그 시간을 재현하는 텍스트의 거짓 시간은 이야기의 시간성을 확립하는 복합적인 관계를 유지한다.

—— 순서의 관계들 때문에 스토리의 사건들의 연속과 이야기에, 사건의 배열 사이에 일치되지 않는 결과가 초래된다.

—— 이야기 시간(그리고 독서 시간까지도)의 객관적인 척도의 부재 상태에서 지속 시간의 관계들은 이야기의 상대적인 속도 변화와

관계된다.

—— 빈도의 관계들은 이야기와 스토리의 반복 관계를 가리킨다.

• 순서의 관계

일치되지 않는 두 유형: 회고법(回顧法)과 **예변법**(豫辯法)

스토리 순서와 이야기 순서의 엄격한 일치로부터 사건들이 엄격한 출현 순서(《장화 신은 고양이》 참조)에 덧붙여질 때 생길 수 있는 두 가지 불일치, 혹은 **시대 착오**가 정의된다.

—— 전에 일어났던 일을 나중에 이야기할 때 회상 혹은 심리학적이라기보다는 다른 말로 **회고법.**[11] (영화에서 **플래시 백** 수법이라고 일컫는다.)

—— 앞으로 일어날 일을 이야기할 때 예견 혹은 **예변법.**

회고법과 예변법은 주된 이야기의 시간적 한계를 초월하는 사건들과 관계가 있을 때 **외적인** 것이라고 이야기된다. 그와 반대로 이야기된 사건들이 한계에 와있을 때 회고법은 **내적인** 것이다. 이런 분류는 주된 이야기와 충돌 위험을 고려한 가장 흔한 구별이다. **같은 이야기 연속,** 예를 들면 한 인물에게 부수적인 상세한 자료를 제공하지 않고 주된 이야기와 동일 선상에 있는 행위를 대상으로 하는 내적인 회고법은 이야기를 **반복하거나 보충할** 수 있다. 반복적인 회고법이나 **회상**은 작품들을 건축학적으로 편성한다. 프루스트의 작품에서 회상은 같은 사건에 대해 설명과 폭로를 되풀이하면서 시간의 흐름을 감각적으로 만든다. 예를 들면 탕송빌의 가파른 오솔길에서 질베르트의 시선과 시사하는 바가 큰 그의 몸짓은 주인공——그리고 독자——이 약 15년에 걸쳐 나중에 약 3천 페이지[12]의 방대한 분량으로 가르쳐 준 것처럼 멸시가 아니라 사랑의 욕망을 의미한다.

반복적인 예변법으로 말하자면, 어떤 때에는 그것이 '나중에 나타나게 되는 것'처럼 분명해지고 하나의 형식으로 도입될 때 **예고**의 기능을 가지게 되며, 또 어떤 때에는 그것이 함축적이고 나중에서야 동일시될 수 있을 때 **실마리**의 기능을 갖는다. 독자의 기대와 통찰력을 활용하는 작가는 발자크의 단편 《사라진느》[13]에서 랑티의 가족들이 다섯 가지 언어로 이야기하는 사실에 근거한 거짓 가설과 같이 이야기에 거짓 실마리, 다시 말해 계략을 꾸밀 수 있다. "이 사람들은 집시들이었든가? 해적들이었든가?" 아니다. 그들은 독자들이 나중에 발견하게 되는 바와 같이 국제적인 오페라 스타의 운좋은 부모들이다. 스캔들은 다른 곳에 있다.

시간적 순서의 최대의 혼란

회고법과 예변법은 결합될 수 있을 뿐만 아니라 예견된 추억과 회상으로, 게다가 프루스트적인 이야기의 궤변적인 시간성에서 시대착오적인 역진으로 뒤얽힐 수도 있다. 주네트가 **쌍서법**(雙敍法)이라고 이름붙인 바 있고 순서를 고려하지 않고 여러 시기를 **조화시킬** 수 있는 서술적 문체에 의해,《스왕네 집 쪽으로》의 끝부분은 게르망트 쪽과 메제글리즈 쪽을 산책할 때 공간·기후·지리학적인 대립으로 이루어진다.

●지속 시간의 관계

변함없는 속도, 즉 **등시성**(isochrone) 이야기의 이론적 가설, 특히 이야기의 거짓 시간(쪽수로 계산된)과 대화 장면에서 스토리의 시간의 관례적인 동등성에서 음악적 의미로 서술적 **템포**의 운동을 정의하는 부(不)등시성(anisochronies)의 큰 유형이나 이야기의 리듬 효과를 구별하는 것은 가능하다. 우리는 스토리의 시간(TH)과 이야기의 시간(TR)의 상호적인 지속 시간을 비교해 봄으로써 절대적 느림에서 절대적 빠름으로 옮아가는 네 가지 큰 형식을 얻는다.

—— 묘사적 휴지(TH=0인데 비해 TR=n): 묘사의 시간이 독자의 정보를 위해 서술자에 의해 직접적으로 수용될 때 스토리의 지속 시간은 정지된다. 묘사적 휴지는 글자 그대로 발자크의 묘사 규범에서와 마찬가지로 작품의 주제와 관계 없는 부분이다. 《고리오 영감》의 시작 부분인 보케르 하숙집의 유명한 묘사는 고전주의 비극에서 도입 장면 같은 역할을 한다. 이러한 정태적 규범에 직면해서 다른 해결책이라면 휴지를 지적하지 말고, 묘사를 인물의 지각과 생각(《감정 교육》에서 프레데릭과 로자네트의 퐁텐블로 숲에서의 산책)에 초점을 맞추면서 이야기에 묘사를 통합하는 방법이다.

—— 장면(TR=TH): 디에제즈는 늘 등장 인물들의 생각·추억·화자의 해설에 의해 무한히 세분될 수 있지만, 특히 대화 구절에서 장면은 관례적으로 이야기와 디에제즈 사이에 지속 시간의 동등성을 실현한다.

—— 영어의 요약이라는 용어에 준거한 개요(TR〈TH): 며칠이나 몇 달, 몇 년까지 한 등장 인물의 삶은 정보를 주려는 목적에서 상세한 이야기나 대화 없이 몇 쪽이나 몇 단락, 심지어는 한 문장으로 요약된다. 고전 소설에 널리 퍼져 있는 생략 형식은 무대 입구에 인물을 위치시킬 수 있는 이야기나 회고법에 집중되어 있는 강렬한 극적 장면들 사이에 극적인 전환을 자주 이루지 못한다.

—— 생략(TH=n인데 비해 TR=0): 생략은 문자 그대로 흘러간 시간을 나타내는 시기에 텍스트의 침묵을 가리킨다. 그런 지속 시간

이 분명하나 그렇지 않으냐에 따라 생략은 명확해질 수도 있고 함축적일 수도 있다. 말하자면 그것은 독자에게 문맥의 추론을 전제로 하는 것이다.

• 빈도의 관계

한 사건의 반복은 결국 말하는 방식일 뿐이다. 엄밀히 말해 어떤 사건도 다른 사건과 같을 수 없다. 늘 이론상으로는 다른 일련의 '동일한' 언표에서도 사정은 똑같다. 그것은 담론에 알맞는 자리에만 존재하게 될 것이다. 이와 같이 제시되면 이야기의 시간과 스토리의 시간 사이에 빈도의 네 관계가 가능할 수 있다.

—— 한 번 일어났던 일을 한 번 이야기하는 것(1R/1H). 예를 들면 "어느 날 아조라는 무척 화가 나서 고함을 지르면서 산책에서 돌아온다."(볼테르의 《자디그 또는 숙명》) 서술적 언표와 서술된 사건의 이중적 특성을 고려해서 주네트는 서술 형식을 **특이한** 일상적 이야기라고 부른다.

—— **여러 번** 일어났던 일을 **여러 번** 이야기하는 것(*nR/nH*). 이런 이야기 형식은 이상한 일련의 언표들이 같은 수의 유사한 일련의 사건들과 연결되기 때문에 이전 형식의 확대에 불과하다. 같은 단어로 문장의 여러 부분을 시작하는 수사 기법인 **서두의 반복**에 준거하여 이야기는 **특이한 조응소**(照應素)라고 명명된다.

—— 한 번 일어났던 일을 **여러 번** 이야기하는 것(*nR/1H*). 예고와 환기시키는 놀이는 같은 사건에 대한 관점의 변화와 거의 마찬가지로 **반복적인** 이야기를 야기시킨다. 꿈속에서 장미나무와 축축한 재의 냄새가 혼합된 침대 위에서 돌아가신 어머니의 모습은 조이스의 《율리시스》에서, 스티븐의 뇌리에서 감각만큼 생생한 기억의 회상

으로 떠나지 않는다.

—— **여러 번** 일어났던 일을 단 한 번 이야기하는 것(1R/nH). 예를 들면 "매일 왕과 위엄 있는 왕비, 아스타르테와 대담이 이루어졌다."(볼테르의《자디그 또는 숙명》) 언표는 시제의 **쌍서법**을 통해 차이를 없앰으로써 일련의 사건들을 종합한다. 문법(프랑스어로 반과거, 이탈리아어로 특수 접미사)에서 동사의 **반복을 나타내는**, 소위 **반복법의** 형식에 의거하여 주네트는 **반복적** 이야기라고 부른다. 반복법(itératif, 주네트의 용어로 여러 차례 일어난 일을 한 번으로 이야기한다)은 관례에 따라 극이 상연되는 장면 사이에 개요가 바뀌는 것과 마찬가지로 배경을 형성하는 특이함에 도움이 된다. 게다가 개요는 장면이 보통 특이한 것과 거의 마찬가지로 흔히 반복적이다.

그럼에도 불구하고 주네트는《연구》의 시작 부분에서, 여러 장면에서도 특이함에 비해 현저히 눈에 띄는 탁월한 반복법을 분명히 강조하고 있다. 모든 대화들은 인간의 반복 가능성을 무시하고, 시간의 결정을 흐리게 하는 순간적이고 특이한 개념으로 거듭 사용되면서 자주 일어났던 것처럼 이루어진다. 이야기는 더 이상 반복적인 것도 아니고 특이한 것도 아니다. 그것은 거짓-반복적이다.

2. 재현 방식: 담론과 초점맞추기

긍정(직설법·조건법·접속법)에서 정도를 제시하고, 행위에 대한 관점(직설법·명령법·부정법·분사)을 변화시킬 수 있는 문법적 의미에서 동사의 **법**과 비교해서 서사학에서는 서술 정보의 규격화를 다루는 것을 동사의 **법**이라고 한다. 말하자면 그것은 이야기가 다소 많이 동떨어져 있었던 것처럼 이야기된 것의 현재에서의 정도, 이야기가 스토리의 재미있는 그런 부분부분의 관점을 택하는가에 따른 관점의 변화이다.

• 거 리

플라톤은 담론 방식의 분류에서 이야기와는 대조적으로 연극적인 대화에 모방(미메시스)이라는 명칭을 정해 놓는다. 사실 서술 담론은 파롤만을 **모방**할 수도 있다. 그것은 단지 조금 간단하고 직접적으로 사건을 **의미**할 수도 있다. 서술 정보의 정도를 분석하려면, 사건의 이야기와 파롤의 이야기를 구별할 필요가 있다. 이야기된 사실들과 제스처의 이질성에 근거해서 사건의 이야기는 그 자체를 위해 지적된 우연한 세부 묘사(바르트가 '현실 효과'라고 불렀던 것)와 지시 대상의 명백한 자율성을 강요하는 이야기의 묘사 및 표현의 중복 덕분에 미메시스의 환상만을 낳을 수 있다.

이야기에 등장 인물들의 담론이 어떻게 통합되는가?

사실 파롤의 이야기는 감정과 사고가 당장 문학에서 언어의 표현으로 간주되는 한 내적으로는 사고의 이야기와 연관되어 있다. 그러므로 다음의 분류 항목은 가장 거리가 멀고, 가장 많이 생략된 형식으로 시작함으로써 침묵이나 '내적인' 담론과 같이 발화된 담론과 관련이 있다.

이야기되거나 서술된 담론: 인물들의 담론은 파롤의 특성을 고려하지 않는다면 행위로 간주된다. 지시 담론의 내용만은 실제로 사용했던 단어들에 대한 언급 없이도 나타난다. "그는 소풍갈 것을 제안하였다. 아빠는 언젠가 그것을 동의하셨다."[14]

전이된 담론(간접 화법으로): 인물들의 담론은 파롤 행위(말하다,

응답하다 등)를 나타내는 동사들에 의해 이야기의 연속된 실체에 도입된다. 그런 매개 형식은 전이된 파롤의 정확한 내용을 보장하지 못하고 화자를 통해 첫번째 요약을 전제로 한다.

자유 간접 화법은 전이된 담론의 변이형이다. 그래도 간접 화법의 흔적이 남아 있기 때문에 도입 동사는 생략된다. 프랑스어에서 그 시간적 체계는 반과거로 통일된다. 그런 완화 상태는 더 긴 치환을 허용한다. 특히 간접 화법이 유도하는 이중적 망설임이라는 사실의 미학적 효과는 모호하고 풍부하다. 말하자면 그것은 한편 특히 플로베르가 인물들의 생각을 옮기기 위해 사용했던 체계적인 용법을 사용한 내적 담론과 발화된 담론, 또 다른 한편 인물의 담론과 화자의 담론 사이에 있다. "아빠는 항상 도망칠 궁리만 하였다. 그는 누구에게도 신세지고 싶어하지 않았다. 그것이 아빠의 원칙이었다." (루이 페르디낭 셀린, 같은 책) 이야기된 담론의 첫번째 문장은 두번째 문장이 아빠의 말을 자유 간접 화법으로 바꾸어 놓았다는 것을 지적한다. 그럼에도 불구하고 아빠의 생각, 게다가 장면을 떠올리고 있는 화자를 통해 아버지의 **귀납적인** 성격 규정(보편화된 반복) 역시 문제될 수 있을 것이다.

이야기된 담론(직접 화법으로): 그것은 연극에서처럼 전체적으로 전제된 인물들의 파롤 자체이다. 일반적으로 화자는 첫머리나 중간에 놓인 진술 동사(혹은 생각)를 통해 담론을 도입하지만, 단순하게 인용 부호(소위 거친 문체)를 사용함으로써 갑자기 파롤을 인물에게 양보할 수도 있다. 인물들의 파롤을 직접 옮겨 놓은 것으로 여겨질 수 있는 그런 담론은 성격 규정의 본질적인 장 중에 하나이다. 발자크는 종종 벼락부자의 서정적 비웃음(《사촌 베트》에서 크르벨)에서 파리인 수위의 단조로운 억양(《사촌 퐁스》에서 시보 할멈)에 이르기까지 그들의 사회적 소속을 통해 등장 인물들의 특징을 나타내고 있다.

근대 소설은 '내면 독백'에서 생경한 문채를 절대화시킴으로써 연극의 모방적 우월성에 근거하여 아리스토텔레스에 의해 강요된 극적인 장면의 모델을 탈피하였다. 화자는 당장 인물과 발음되거나 내적인 담론의 흐름 뒤에 흔적——인용 부호조차 없이——도 없이 사라진다. 주네트는 그런 독백이 **이야기되지**(순간적으로 사라졌던 화자의 매개를 전제로 하는 것) 않는다는 이유로 이것을 **직접 담론**이라고 명명할 것을 제안한다. "나는 울타리를 통해 꽃이 핀 덩굴손들끼리 부딪치는 것을 볼 수 있었다." 독자는 포크너의 《음향과 분노》 시작 부분에 벤지의 내면 독백의 첫 문장에서, 가족 농장의 마당에서 골프치는 사람들을 바라보면서 서른세 살 된 백치가 체험하거나 회상하는 감정을 강렬히 드러내는 의식 속에 갑자기 **빠지게** 된다.

● 관점: 세 가지 초점맞추기

회화와 영화의 유사성에서 연유하는 제유법(부분을 전체로 간주하는 수사 기법)을 통해 '시각' '관점' '초점'이란 말은 이야기에서 인지되는 측면을 가리킨다. 인지의 초점은 있을 수 있는 다양한 장의 제한에 따라 스토리에 대한 이야기의 **관점**을 정의하면서 서술 정보를 조절할 수 있다. 픽션에서 관점의 문제는 헨리 제임스에서 사르트르에 이르기까지 오래 전부터 미학과 비평의 목적이 되었지만, 그것은 세심하고 결정적으로 인물의 관점과 화자의 목소리, 즉 "누가 보는가(인지하는가)?"라는 의문과 "누가 말하는가?"라는 의문을 구별하고, 이미 존재하고 있지만 종종 막연한 영역을 고정시켰던 주네트에게 되돌아온다. 사실 이 두 가지 간청이 자전적 이야기에서처럼 혼동될 때에도 이야기하는 '나'(화자)와 관점이 항상 지배적일 수 없는 이야기되는 '나'(주인공)를 구별해야만 한다. 하나의 초점이나 '초점맞추기'에서 서술 인지의 세 유형은 가능해진다.

—— 제로 초점맞추기 또는 초점이 없는 이야기: 대상에 대한 인지의 초점은 인물들의 의식이나 외부, 어느곳에도 없지만 정할 수 있는 한 장소에 결코 고정되지 않는다면 도처에 연속적으로 존재한다. 말하자면 그것은 관점을 꼭 정하게 만들기보다는 스토리에 파노라마식을 제기한다. 그래서 그것은 종종 신의 관점이라고도 한다. 더 신중하게 말하자면 화자는 그의 지식이 이야기 자체에 의해 동기 부여되지 않을 때(또는 거의) '전지적'이라고 한다. 화자는 인물이 볼 수 있는(또는 알 수 있는) 것보다 더 많은 **이야기를 한다.**

—— **내적 초점맞추기**: 서술 초점은 한 인물(고정 초점맞추기)이나 여러 인물의 의식에 연속적(가변 초점맞추기)으로든 교대로든(서간 소설에서처럼 다중 초점맞추기) 도입된다. 사건과 상황·대화·풍경까지도 이 모든 것은 독자에게 주관적 시선을 통해 나타난다. 만약 그런 초점맞추기가 엄격하게 지켜진다면, 증인 주체는 픽션에서 그 자체로 나타날 뿐만 아니라 다른 것이 되는 이미지와 세계의 인지에 간접적으로 나타난다. 사실 절대적 내면 초점맞추기는 인물에게 화자의 어떤 시선이 분명하게 가지 않을 때 내면 독백에서만 가능할 뿐이다. 그와 반대로 훨씬 상대적이고 일반적인 내적 초점맞추기는 인물을 중개자로서 분명하게 부각시키고, 그의 생각과 인지를 소개하기 위해 도입 동사에 의존한다. 그런 규범적인 예는 《파름의 수도원》의 시작 부분에서 파브리스에게 초점이 맞춰진 워털루 전투의 이야기를 들 수 있다.

—— **외적 초점맞추기**: 객체들이 정해진 어떤 주체가 수용하지

못하는 인간의 인지에 대해, 모든 것은 외관에 따라 완전히 중립으로 외부에서 묘사된다. 관례적으로 외적 초점맞추기는 플로베르 작품(《감정 교육》)에서 내적 초점맞추기나 발자크 작품(《신비로운 도톨가죽》)에서 제로 초점맞추기 같은 다른 초점맞추기를 위해 삭제되기 전에 외부 관찰을 통해 이야기를 소개하는 데 사용된다. 그러나 그것은 또한 소위 '객관적'이라는 헤밍웨이나 해밋의 미국 소설에서처럼 고정될 수도 있다. 이런 작가들의 작품에서 독자는 그들에게 제공된 있는 그대로의 자료체를 가지고 줄거리를 재구성할 수밖에 없다.

3. 서술태

텍스트와 그것이 창조한 허구 세계의 관계를 고찰해 본 뒤 허구의 담론과 이를 진술하는 담론 사이에 구축된 관계를 연구해 볼 필요가 있다. 서술태의 문제, 달리 말하자면 문학적 언술 행위의 문제는 이야기 구조 속에 내재해 있기 때문에 아주 복잡하면서도 아주 흥미롭다.

서술적 간청의 필요 불가결한 자율성

화자는 이야기의 실질적인 저자, 텍스트에서 영원히 부재하는 저자와 철저히 구별될 수밖에 없다. 그것은 바르트가 모호하게 '저자의 죽음'이라고 이야기했던 것이기도 하다. 화자는 단순히 이야기가 재현하는 세계처럼 이야기의 구조에 의해 공리화된 허구적 간청이다. 인물들이 순간적으로 자기 역할을 하고 행위자로 묘사될 수 있는 것처럼, 화자는 스토리를 이야기하는 자의 역할에 부여된 명칭에 불과하다. 게다가 픽션을 구성하는 언어 행위는 수로가 양쪽을 갈라 놓듯이 저자와 화자를 분리한다. 지금으로서 서술 담론, 서술 시간, 서술 단계, 동사 의미에 맞는 '인칭'에서 연구해 볼 필요가 있는 것은 가공적으로 생산된 간청의 흔적과 변화이다.

• 서술의 시간

스토리 전체는 시간에 따라 전제된 서술의 순간을 위해 반드시 이야기 속에 위치하게 된다. 그것은 동사의 시제에 의해 그렇게 될 수밖에 없지만 서술 장소는 대부분의 경우 정해지지 않는다. 그러므로 스토리의 시간과 서술의 시간을 연결시키는 주된 관계는 전후의 관계, 즉 순서의 관계이다.

—— **차후의 서술**은 일상과 아주 거리가 멀다. 말하자면 스토리는 나중에 순간적으로 이야기된다. 바르트[15]에 의하면 과거의 용법은 차후의 서술, 특히 단순 과거나 이야기와 돌이킬 수 없는 순서의 시제인 **단순 과거**(prétérit)의 용법을 나타내는 것으로 충분하다. 사건의 논리적 특성을 지적함으로써 그런 시제는 정해진 과거가 아니라 거의 기억에 없는 차원, 연대도 없고 날짜도 없는 과거를 가리킨다. 그렇지만 스토리의 시간은 결국 현실의 효과를 증가시키는 현재 서술의 시간에 도달할 수 있다. 《보바리 부인》의 마지막 부분에서 약사 오메는 "방금 십자훈장을 받았다." 특히 서술은 이야기 속에서도 이야기하는 데 시간이 걸리지만 지속 시간을 종종 빼고 생각한다. 예를 들면 《사라진느》에서 로슈피드 후작 부인 저택에서의 야회 장면을 들 수 있다.

—— **이전의 서술**은 아주 드물고, 말하자면 예언이나 예지 능력에 속하는 부차적인(주된 이야기에 통합된) 이야기에서만 작용한다. 이

런 이유로 부차적인 이야기가 종종 플롯에서 결정적인 역할을 하기도 하고, 본보기로 이야기의 가능태를 나타내기도 한다. 소포클레스의 《오이디푸스 왕》에서 예언자에 대한 이전의 서술은 비극의 동기를 마련하고, 실제로 방향을 바꾸려 함으로써 사건을 재촉한다. 이야기된 담론과 마찬가지로 그것은 파롤이 하나의 행위라는 것을 시사한다.

—— 동시 서술은 지속 시간이 점으로 일치하기 때문에 엄밀히 말해 그것이 진술하는 스토리와 동시대적이다. 그런 일치로 불안정해진 이야기는 때로 익명의 투명한 시선(알랭 로브 그리예의 초창기 소설의 객관주의)에서 형성되는 스토리로, 때로는 이야기하는 것이 생존의 조롱기 섞인 활동이 되는 베케트의 몇몇 이야기에서처럼 서술로 바뀌게 된다.

—— 삽입 서술은 나중에 금방 르포 문학의 이야기의 각 시퀀스를 따르게 되기 때문에 어쩌면 아주 미묘한 효과를 허용할 것이다. 실제로 그것은 내면 일기나 편지같이 정해진 수신자가 있는 기술의 두 가지 형식과 그것을 모방한 문학 장르에서만 나타날 수 있다. 또한 여기서 서술 행위는 반향으로 스토리를 바꿀 수도 있다. 일본 소설가 다니자키 준이치로의 《외설적 고백》에는 은퇴한 대학 교수와 그의 부인의 내면 일기가 번갈아 나온다. 두 화자는 상대방이 자기의 일기를 읽는다고 가정하고 있는 것이다. 그들은 자신들의 애정 관계에 대해 꾸며낸 속내 이야기를 핑계삼아 결국 인정사정 없는 싸움에 서로를 이용하려고 한다.

• 서술의 단계

토도로프가 사용하고 있는 '삽입된 이야기'의 개념에서는 직관적이라는 장점이 있지만 이야기하는 것과 이야기되는 것을 구분하는 단계의 차이가 무시된다. 서술적 간청은 같은 차원에서 이야기하는 스토리에 불과하고, 그것을 분명히 이야기함에 따라 상기된 세계의 밖에 놓인다. 그런 이유로 첫번째 이야기의 서술적 간청은 **사건의 연대기적인 외적 연속**인 반면에, 이야기나 **사건의 연대기적인 초월적 연속**의 이야기(제2단계에서) 속에서 진실된 이야기를 하는 인물들은 **사건의 연대기적인 내적 연속**의 화자가 된다.

이런 용어들은 부가될 수 있는 기능들만을 가리킬 뿐이라는 것을 당장 밝혀야만 한다. 예를 들면 《사라진느》에서 무도회를 이야기하는 익명의 '나'는 사건의 연대기적인 외적 연속의 화자인 동시에 사건의 연대기적인 연속의 인물이지만, 그가 그 다음날 저녁 로슈피드 후작 부인에게 조각가 사라진느의 이야기를 할 때는 사건의 연대기적인 내적 연속의 화자가 된다. 따라서 그는 사건의 연대기적인 초월적 연속의 이야기 가운데 두 가지 서술적 간청을 동시에 점유하게 된다. 그는 자기가 젊은 조각가에게 일어났던 일을 이야기하고 있다는 사실을 이야기하고 있는 것이다. 그런데 이야기하는 것은 항상 누군가에게 말하는 것이고, 의사 소통의 상황에서 대중·수신자에게 말을 거는 것이다. 그러므로 《사라진느》의 화자는 자신과 독자 사이에 중개 수신자처럼 동시에 개입하는 사건의 연대기적인 내적 연속의 **상대 화자**, 즉 후작 부인과 사건의 연대기적인 외적 연속의 상대 화자, 모든 화자의 영역인 잠재적 독자에게 말을 거는 셈이다.

단계의 위반, 또는 전유법[16)

이야기하는 행위만이 정상적으로 디에제즈의 단계에서 상위 단계 (사건의 연대기적인 초월적 연속)로 전이될 수 있다. 그럼에도 불구

하고 사건의 연대기적인 외적 연속의 화자나 상대 화자가 디에제즈
에 억지로 끼어들거나, 그와 반대로 인물들이 디에제즈 이외에 개입
할 때 이야기하는 세계와 이야기되는 세계가 갈라지는, 넘을 수 없
는 경계가 종종 과도한 문학적 유희로 전락하게 된다. 디드로의 '반
소설'인《운명론자 자크와 그의 스승》은 첫번째 경우를 잘 보여 주
고 있다. 그러나 당신은 말하길, "신, 저자의 경우 그들은 어디로 가
는가? ……" 하지만 나는 응수하길, "신, 독자의 경우 우리는 우리가
가는 곳을 아는가?"[17] 여기서 화자는 상황에 따른 저자의 모습(반드
시 디드로가 아닌)과 혼동되고, 상대 화자는 실제 독자와 동일시될
수 없는 잠재적 독자와 혼동된다.

• 인칭의 문제

'1인칭의 이야기'와 '3인칭의 이야기' 같은 그런 일반적인 명칭
은 만족 스럽지 못하다. 왜냐하면 주인공이 3인칭 '그(Il)'인 이야기
에서까지도 1인칭 화자 '나(Je)'는 항상 이야기의 특징적인 의사 소
통 상황(1인칭 '나(Je)'는 잠재적인 2인칭 '너(Tu)'에게 무엇인가를 이
야기한다)으로 인하여 잠재적으로 존재하게 되고, 이야기가 1인칭으
로 이야기될 수 없다 하더라도 좋아 보이는 한 1인칭 화자 '나(Je)'
는 저자의 간청인 듯이(《운명론자 자크와 그의 스승》) 모습을 드러낼
수 있다.

사실 이런 표현들이 막연하게 암시하는 것은 화자가 인물처럼 동
시에 존재하고 디에제즈와 일치되는(사건의 **연대기적인 동질적 연
속**) 이야기와, 화자가 인물처럼 개입하지 않고 정상적으로(전유법 예
외) 디에제즈와 다른(사건의 **연대기적인 이질적 연속**) 세계 속의 이
야기와는 본질적으로 차이가 있다는 것이다. 《운명론자 자크와 그

의 스승》에서 화자는 사건의 연대기적인 이질적 연속이다. 왜냐하면 화자는 디에제즈를 이야기꾼의 호의에 달려 있는 아주 유연한 세계로 나타낼 수 있기 때문이다. 그 반면에 인물처럼 화자가 출연하려면 단계가 있다. 예를 들면 포크너의 단편 《에밀리에게 장미를》에서 부자이고 거만한 노처녀의 비밀극을 목격한 조그만 도시 제퍼슨의 주민들 같은 익명의 집단적 증인, 아주 유명한 의사 왓슨처럼 자리 잡고 있는 전형화된 증인, 그리고 마지막으로 《연구》에서와 같이 주인공 자신을 들 수 있다. 화자의 이런 마지막 위치는 사건의 연대기적인 동질적 연속일 뿐만 아니라 글자 그대로 사건의 연대기적인 자동적 연속이다. 말하자면 화자는 스스로 자기 이야기를 하는 것이고, 그 자신의 디에제즈인 것이다.

잠정적 결론

명확하고 때로는 아주 미묘한 영역들을 의도적으로 이용할 수밖에 없다. 부득이한 경우에는 주네트 자신이 프루스트에 대해 그런 것처럼, 분석하여 관례적인 규범과 이미 설정된 모델과 관련하여 위반이 강조될 수 있을 때에만 그런 영역을 이용할 필요가 있다. 시학의 목적은 시학 자체에 있는 것이 아니라 새로운 의미의 문학사, 또한 명확하고 거의 전달 가능한 미학적 경험에 있다는 점을 인식시키는 그런 영역들이, 여하튼 작품들을 비교하고 설정하는 데 중요하다는 것을 드러낸다.

3

허구와 상상계: 세계와의 관계

스토리의 구성이나 서술 담론에 중점을 둔 이야기의 형식주의적 시학들과 같은 시기에, 때로는 그 이후 이야기로 구성된 세계는 텍스트와의 관계가 아니라 현실이나 언어학적 용어로 지시 대상(réfé-rent)과의 관계에서 이론가들의 관심을 끌었다. 이와 같은 분석으로 허구와 허구를 낳는 언어의 형식적 양상, 허구가 낳는 긴밀히 결합된 닫힌 세계의 문제가 크게 부각되었다.

이야기는 허구로 귀착되지 않는다

"히스토리는 스토리이다(History is a story)," 말하자면 "스토리는 이야기이다." 유음어(거의 동음이의어)에 가까운 영어의 이런 표현은, 우선 과학적 객관성에서 이야기하는 몇몇 사람이 강조하고 있는 주장을 겨냥하고 있지만, 그것은 또한 이야기와 현실, 역사와 사실의 관계에 대한 근본적인 의문을 제기한다. 역사(장르로서)에서 여러 가지 사실에 이르기까지, 전기(자서전)에서 대화 속의 개인적 불상사에 이르기까지 '사실적인' 모든 이야기는 구성, 최소한의 질서, 사용 가능한 정보의 필연적인 선택을 전제한다. 이런 형식 제기는 사건의 외형이고 결과적으로 어떤 설명이다. 물론 그렇다고 해서 이야기한다는 것이 상상적인 이야기를 꾸며내는 것으로 귀착되지는 않는다. 그렇지만 서술학적인 관점에서 사실적인 이야기는 자유 간접 화법이나 내적 초점맞추기, 특히 저자와 화자의 분명한 원칙적인 분리처럼 **허구성**의 몇 가지 지표가 따로 제시된 허구의 이야기와 거의 구별되지 않는다.[1]

허구는 이야기의 한계를 넘어선다

이야기 전체가 허구가 아니라면 이야기를 벗어나 허구가 존재한다는 것은 분명치 않은 것 같다. 그 정도로 두 용어는 종종 연결되어 있다. 그러나 연극의 경우에 그런 비교는 타당치 않다. 연극은 관객의 눈에 스토리가 그럴 듯하게 전개되는 것처럼 보이지만, 화자의 매개 없이도 관객들과 같은 세계에서 이야기해 볼 수 있을 것이다. 그래서 현실 세계에서 허구의 **구현**으로 인하여 현실과 환상의 긴장 관계는 아마도 더 심화되고, 소외 효과를 낳기도 한다. 사실 관객은 끊임없이 다음과 같은 역설을 보게 된다. 배우들은 등장 인물일 수도 있고 그렇지 않을 수도 있다. 무대는 현실로 존재하는 동시에 상상의 시간과 공간으로 열려 있는 '마법의 동굴'이다. 결국 아리스토텔레스의 《시학》에서 비극은 전형적인 장르이다. 거기에서부터 미메시스(현실의 재현)의 개념이 생성된다. 미메시스는 직접적인 허구(가상 현실)의 개념에 기원을 두고 있다.

시는 허구에 속하는가?

서술 시학이나 더 나은 재현의 시학의 불분명한 경계에서 나타나는 허구의 문제는 결국 장르의 문제와 문학의 정의로 귀착된다. 사실 '순수' 시는 긍정적으로든 부정적으로든 허구의 영역에 속하지 않을까? 의문을 조건부로 상상력의 근원으로 거슬러 올라가야만 할 것이다. 사실 인간 정신의 근본적인 이미지의 보고인 **상상계**를 주제로 한 연구는, 세계와 시의 수수께끼 같은 관계를 파악하기 위한 방법을 모색하려는 것 같다.

1. 허구의 언어

처음에 허구를 대강 정의한 언어와 현실 사이에 관계의 혼란이 화자 자신이 말하는 것과 언술 행위의 양상에 직면해 있는 화자의 태도로 전가될 수 있다. 그때부터 언어 행위의 이론은 허구의 형성을 설명하는 데 중요한 것으로 나타난다. 영국의 철학자 존 랭쇼 오스틴(1912-60)은 일상 언어의 용법에서 많은 언술들이 대화자를 끌어들이면서 상황에 따라 무엇인가 말하는 것으로 만족하지 않고, 무엇인가 **行하는 것**[2]을 목적으로 한다고 지적한 바 있다. 그는 언어 행위(말-행위)에 대한 분석에서 두 가지 주요 양상, 말하자면 언술 행위를 통해 자체에서 완성된 행위를 가리키는 **발화 내적인 양상**("~입니까?"라고 누군가에게 질문하는 행위)과 언술 행위를 통해 대화자에게 야기되는 간접적인 결과와 관계되는 **발화 매개적인 양상**(의문을 제기하는 것이 아첨하거나 포옹하는 방법이 될 수 있다)으로 구별하고 있다.

1. 허구의 형성: 거짓 단언

허구의 문제에 관심을 가지고 수정한 언어 행위의 이론을 적용한 허구 속에서 미국의 철학자 존 설은 생성된 모든 언어 행위가 미메시스에 의해 약화된다고 전제한 바 있다. 특히 이야기 속에서 지배적이고 화자의 담론의 전형적인 **단언적 언어 행위**(이야기하고, 서술하고, 주석을 다는 것)는 모두 **거짓**일 것이다. 말하자면 저자는 실제로 진실을 이야기하지도 않으면서 단언하는 체할 것이다. 그러나 허구적 언어 행위가 실제 언어 행위를 완벽하게 위장하는 것처럼, 허구적 언어 행위들은 허구와 구별되는 어떤 내적인 기준도 마련하지 못한다.

동시에 허구적 언술의 진실된 가치와 발화 내적인 힘의 총체적인 생략 때문에 화자나 인물들이 책임짓는 일반적인 해설에서 큰 위험을 무릅쓰게 된다. 설은 신중하고 진실된 주장이 톨스토이의 《안나 카레니나》 첫 문장과 같이 많은 허구적 언술에 삽입될 수 있다고 답한다. "행복한 가족은 모두 같은 방식으로 행복을 느끼고, 불행한 가족은 제각기 특별한 방식으로 불행을 느낀다." 그는 현실에서 간접적인 언어 행위가 하나의 행위를 위장하고 다른 행위를 낳는 것처럼, 그런 심각한 언술이 작품의 거짓 단언으로 대강 전달될 수 있다고 더 교묘하게 주장한다. 예를 들면 "초콜릿이 남아 있니?"라는 질문은 종종 "초콜릿을 좀 줄래?"라는 의미를 갖는다.

2. 허구의 행위

제라르 주네트[3]가 허구의 담론에서 언어 효과의 전체적인 약화를 재검토한 것은 분명히 간접적 언어 행위의 이중적인 능력에 근거한 것이다. 사실 그는 서술적이거나 극적인 인물들과 화자이자 인물(사건의 연대기적인 동질적 연속)도 아주 진지하지만 허구적인 세계에서 언어 행위를 한다고 주장하고 있다. 비극이나 소설에서 주장·의

문·명령·서약은 가식이 아니다. 가식인 것은 인물들 자신이다.

사건의 연대기적인 이질적 연속이고, 본질적으로 고찰된 이야기의 결정적인 경우는 첫 마디에 있다. 왜냐하면 독자의 머릿속에 허구의 세계를 구축하는 것은 바로 인물들이기 때문이다. 저자는 존재하지 않는 허구적 존재들에 관해 단언하는 체하면서 간접적으로 그들의 실존을 생각하게 만들고, 주네트가 **허구의 행위**라고 명명하기를 제안하는 간접 언어 행위의 특별한 유형 같은 허구의 작품을 내놓는다. 그래서 "옛날에 그동안 만난 중에 가장 예쁜 한 시골 소녀가 있었다"는 거짓 단언에서 진지한 발화 내적인 행위가 간접적으로 이루어진다. 우리는 그것을 **독단적**(분명한 요구로 "옛날에 한 소녀가 있었다는 것을 함께 생각해 봅시다")으로 설명하거나, "삼각형 ABC가 있다고 하자"라는 수학적 허구의 전형에 관해 "한 소녀가 있다고 하면⋯⋯"과 같이 좀더 적절히 **진술하듯이** 설명할 수도 있다. 물론 그것은 거짓 단언이 본래의 의미를 갖느냐 그렇지 않느냐에 따라 허구의 단계들이 있다는 것을 배제하지는 않는다. 방금 인용된 《빨간 모자》의 첫 문장은 사실주의적 픽션(거짓 단언은 글자 그대로 현실에 해당한다)이지만, 늑대가 말할 때 픽션은 경이롭다. (거짓 단언은 허구의 선언을 은폐시킬 뿐이다.)

마지막으로 주네트는 일반적 고찰(《안나 카레니나》 참조)이나 가치 있는, 역사적이거나 지리적으로 타당한 언술과 보통 현실에서 빌려 온 잡다한 요소들이 허구적 텍스트에 존재하는 것 때문에 이런 결론을 내리게 된다. "허구는 허구화된 현실일 수밖에 없다. 여기서 전체가 부분부분보다 더 허구적이다." 그러므로 허구는 자료 자체보다 전체적인 서술 구조에 더 많이 내재해 있다. 따라서 허구 세계의 개념은 현상을 더 잘 파악하기 위해 필요한 것이다.

2. 허구의 세계

실제로 허구를 구성하는 거짓 단정은 이제 지시 대상, 그것들이 열 수 있는 지시 세계의 관점에서 고찰될 수 있다. 언어 행위에 대한 철학 이론이 나온 이래 시학에 도움을 준 것은 논리이다.

1. 가능한 세계들

이탈리아의 기호학자이자 소설가인 움베르토 에코(1932~)는 주체의 주장이나 견해·욕망·꿈·예측에 의존하는 특성(품성이나 행위)을 가진 개개인들의 총체적인 것을 '가능한 세계'로 정의한다. 가능한 세계의 개념은 필연성·우연성·가능성·불가능성 같은 주장 **방식**에 따라 명제의 진실 가치를 한정하는 **양식** 논리학에서 빌려 온 것이다. 이야기에 적용된 그 개념은 가공적 **이야기**(fabula, 스토리)의 모든 세계, 즉 저자에 의해 주장된 이야기나 거짓 주장된 이야기의 세계뿐만 아니라, 인물들에 의해 상상되거나 기대되는 세계와 이야기의 갈림에서 독자에 의해 예견되거나 가정되는 양자 택일의 세계를 설명할 수 있다. 에코는 주로 "서술 텍스트에서 독자의 해설적인 협동 작업[4]을 정의하는 데 집착하기 때문이다."

가능한 세계와 독자의 예상

브르몽이 밝힌 바와 같이 이야기의 구조에 내재하는 '가능한 것들'이 독자의 기대 영역으로 전이되었던 것처럼 모든 일이 이루어진다.(2장 참조) 철도망이 여행자에게 어느 한 도시로 가는 데 가능할 수 있는 여러 가지 여정을 마련해 주거나, 장기 시합이 장기 두는 자에게 많은 수가 가능해 보이는 것과 마찬가지로, 서술 텍스트는 이야기의 유일한 세계에 구조를 만들기 위해 구조를 확인하거나 동시에 변조시키면서 독자의 설명에 가능한 세계의 다른 구조를 만든다.

'현실' 세계에 존재하는 사물의 상태를 완벽하게 묘사한다는 것이 불가능한 이상, 말할 것도 없이 이야기는 인물들과 행위를 구성하기 위해 수많은 것 중에서 몇 가지 특성만을 언급할 수 있을 뿐이다. 사실 이야기는 가공적 **이야기**(말하는 늑대)에 이상하고 필요한 특성들만을 주목할 뿐이다. 그 나머지는 소위 현실이라는 세계(우화에서 '빨간색'은 현실 세계에서와 같은 색을 나타낸다)에서 의미 작용과 행위 규범에 맡겨진다. 이와 같이 이야기 세계의 모든 공백과 모든 '여백'은 허구의 사실임직함과 문화적 상대성의 정도를 설명하는 독자의 여러 가지 '박학한 지식'(그의 서술적 소양과 일반적 지식)으로 가득 채워진다.

두드러진 세계: 픽션과 종교의 존재 방식들

미국의 시학자 토머스 파벨(1941~) 역시 여전히 픽션의 문화적 특성을 강조하면서, 일례로 픽션의 문학도 모래 사장에서 요리사를 꿈꾸는 어린아이인 체하는 놀이들과 다르게 취급되지 않는다는 것을 보여 주기 위해 논리적인 연구를 착상하게 되었다.[5] 원초적 세계에 부차적인 세계의 토대를 마련하는 '이중적 구조'가 두 경우에서 갑자기 나타난다. 만약 어떤 상상적 본질이 어린아이의 놀이인 '모래 파이만들기'와는 반대로, 후자의 세계에서 소통성이 없다면 두드러진 구조가 이야기될 것이다. 그것은 현실 세계에서 근거 없이 존재들이 그러한 구조로 나타나기 때문이다. 그런데 그런 구조들은 허구 세계의 구축뿐만 아니라 현실 세계에 신성한 세계, 그리스도교의 천국에 그리스 신화가 중첩되는 것을 나타낸다. 두 경우에 존재의 다른 의미가 작용한다. 하지만 신성한 세계에서 그것은 절대적인, 더 나아가 초월적인 의미이다. 반면에 허구의 세계에서 그것은 관례에 근거하는 강한 의미이다. 예를 들면 독자는 빨간 모자가 존재하지 않는다는 것을 잘 알고 있지만, 어린 소녀의 상상적인 삶을 두려워할 정도로 놀이에 의도적으로 동참한다.

근본적으로 종교적 믿음과는 다른 마지막 유형의 수용은, 이미 낭만주의 시대의 영국 시인이자 비평가인 콜리지(1772-1834)가 종교적 믿음과 근본적으로 다르다고 분명히 규정한 바 있다. 그는 '무신앙의 고의적인 금지'에 대해 이야기한다. 그럼에도 불구하고 한 유형의 신봉에서 다른 유형으로 전이되는 것을 배제하지도 않는다. 무엇보다도 연극은 종교적 의식이었다. 사람들은 부활의 신 디오니소스를 찬양하는 그리스 비극의 3부작이나 그리스도의 수난을 상연하는 중세의 성사극을 생각한다. 반대로 그런 문학적 창조는 시대와 더불어 세계를 설명하는 보편적이고 거의 신화적인 가치 부여가 가능하다. 오이디푸스나 파우스트, 돈 주안의 이야기들이 그 증거가 될 수 있다. 그러므로 픽션의 경계는 유동적이고 스토리와 함께 변화한다.

2. 허구의 공간

허구 세계에 대한 논리적이고 존재론적인 규정을 해보았고, 이제 그 세계의 특징적인 구성 요소를 파악해 볼 필요가 있다. 공간을 위시하여 그 세계의 다양한 차원들은 서사학적 연구가 빈약하다.

시간형과 소설의 스토리

논리적 영감의 이론이 나오기 이전부터 러시아의 시학자 미하일 바흐친(1895-1975)은, 작품 세계의 강한 논리적 일관성을 이해하기 위하여 그리스어로 '시공간' 의미의 **시간형**(chronotope)이라는 개념을 아인슈타인의 물리학에서 빌려 왔다. 작품 세계에서 개인적 모험은 사회적 운명과 의미 심장한 지형학에서 의미를 지닌다.[6] 연관된 공간 차원을 고려하지 않고 대작 하나하나를 구성하고 있는 시간성의 본질을 분석한다는 것은, 바흐친에게 있어서 작품이 극도로 요하는 생생하고 차별화된 관조 대신에 추상적인 성찰을 자책하는 것이기 때문이다.

시간과 공간의 결합으로 이야기 속의 사건들이 근본적으로 조직화되기 때문에, 시간형을 통해 어떤 시간적인 뉘앙스(일시적이거나 획일적이고, 전기적이거나 역사적인)와 그것의 본질일 수밖에 없는 장소, 즉 간결한 공간적 형식의 확고한 결합을 분명히 이해할 필요가 있다. 특히 이런 개념은 경험 공간에서 시간의 감각적 구현과 거기에서 도출되는 감정적 가치에 적용된다. 이와 같이 18세기까지의 소설에서 함축성 있는 길의 시간형에서, 시간은 '삶의 길'의 수많은 비유를 형성하면서 "공간에 흘러들어 거기서 흐르는 것처럼 보인다."(미하일 바흐친, 같은 책) 마찬가지로 플로베르가 《보바리 부인》에서 묘사하고 있는 **지방 소도시**의 시간형에서, 사건의 배경이 되고 있는 일상 생활의 순환적인 시간은 "공간에 흐르는 점착성의 밀집된 시간"이다.

이렇게 정의된 형식과 동시에 내용을 대상으로 삼은 영역은, 바흐친이 러시아 형식주의학파의 극단주의에 대한 반발로 세웠던 역사 시학에서 중요한 기법을 나타낸다. 사실 지배적인 시간형의 포착은 서구 문학에서 소설 장르의 발달의 특징을 효과적으로 규정할 수 있다. 그 중에서도 우연한 만남의 핵심적인 모티프가 모험 소설의 특징인 길의 시간형에서, 19세기 사실주의 소설의 전형인 **응접실**의 시간형으로 전이되면서 어떻게 의미가 변하는가를 보여 준다.

그리스 소설에서 그것의 패러디인 《캉디드》에 이르기까지 모험과 시련 소설에서 우연의 시간은 헤어졌다가 재회하고, 비판적인 사건의 급변을 통한 미지의 세계에서도 청춘 남녀를 육로와 해로에서 우왕좌왕하게 만듦으로써 순수 상태로 나타난다. 객관적으로 이야기된 이국 취향과는 대조적으로 페트로니우스 아르비테르의 《사티리콘》에서 스페인의 악한(惡漢, 피카레스크) 소설에 이르기까지 모험 소설과 풍속 소설이 보여 주는 것은 사회적 이국 취향이다. 고향을 가로지르는 길은 현재의 사회적 거리를 없애 주는 우연한 만남의 장소이다. 여기서 우연의 시간은 주인공들의 책임 있는 변화의 뉘앙스를 풍긴다. 길에 대한 아주 거대한 시간형의 두 가지 변화와 대조적으로 발자크의 작품에서 나타나는 응접실의 시간형은 동시에 우연한 연속에서 사회 계층들의 선택의 폭을 나타내고, 역사적 시간과 전기적 시간의 독특한 결합으로 개인적인 것과 마찬가지로 정치적·재정적 플롯을 엮어 놓는다.

틀림없이 폭넓게 활용될 수 있는 시간형은 주목해야 할 비평적·역사적 분석의 수단이다.

인물로서 도시적 인물들의 강조에 대하여

픽션의 세계를 탐구하는 데 있어서 바흐친은 지배적인 장소들과 소설의 스토리에 따라 연관된 시간적 특성을 강조하는 독창성을 보였다. 아주 널리 알려진 허구 세계의 개념에 대해 말하자면, 문학 연구의 혁신적인 개론을 쓴 미국의 웰렉과 워런[7]은 파벨이나 에코보다 앞서 그 개념을 소설의 분석에 아주 적합한 유일 영역으로 정의한 바 있다. 왜냐하면 그 개념은 플롯과 인물·배경·작품에 의해 펼쳐지는, 세계 비전의 기반이 되는 모든 것을 내포함으로써 경험 세계와 총체적인 비교가 가능하기 때문이다. 이렇게 여행은 어느 시기에나 전형적인 플롯으로 나타난다. 왜냐하면 여행이 《오디세이아》·《신드바드의 모험》·《성배 탐색》·《돈 키호테》·《캉디드》·《백경(白鯨)》·《밤의 끝으로의 여행》 같은 픽션 자체[8]가 야기시키는 거리두기를 나타내기 때문이다. 참고가 되는 이런 다양한 작품들은 주제의 보편성을 나타내기에 충분하다.

인물들에 대해 말하자면, 픽션의 다원적인 공간에서 특히 돋보이게 만드는 것은 그들이 어느 소설에서나 다른 각도에서 똑같지 않은 중요한 역할로 다시 등장할 때이다. 그런 관점에서 인류의 전체적인 단면을 함축하고 있는 《인간 희극》은 비할 바 없이 대단한 성공이다. 이런 재출현 방식 때문에 보트렝이나 뉘셍젠·라스티냑의 그림은 자연보다도 훨씬 더 심오함을 지닌다. 그렇지만 그 중에서도 이탈리아의 비평가이자 소설가 이탈로 칼비노(1923-85)가 강조했던 것처럼 발자크의 진정한 주제, 《인간 희극》의 행위자-주체는 "주민들이 움직이는 관절에 불과한 거대한 갑각류처럼"[9] 괴물과 같으면서도 숭고한 도시 파리이다. 이것이 위대한 소설가들의 허구적 세계의 특성이다. 그런 세계들은 현실적인 장소와 중첩될 수 있고, 그런 장소에 허구적인 분위기를 자아낼 수 있다.

따라서 허구 세계의 개념에서, 공간에 통일성을 부여하는 장소에서 실내 장식의 단계를 거쳐 상징적인 장식에 이르기까지 갖가지 형태로 재현된 공간이 발견된다. 이런 공간성 때문에 묘사의 중요성이 강조된다. 서사 구조에서 묘사된 장소는 시대에 따라 근본적으로 변화한다. 어느 대상을 나타내는 실사가 이미 최소의 묘사이고, 묘사가 수사학적 장식의 고전적인 기능, 아니면 사실주의 소설과 더불어 설명적이고 상징적인 기능[10]을 가지게 됨에도 불구하고 묘사는 항상 이야기에 종속된다. 《고리오 영감》의 시작 부분에 보케르 하숙집에 대한 묘사에서 주변 부동산들과 낡고 때가 절어 끈적끈적한 가구들의 갈색은 확연히 드러나 행위에도 그런 느낌을 주고 징후, 게다가 또한 인물들의 심리 상태의 결정 요인으로도 나타난다.

이야기의 구조 이론(2장 참조)으로 되돌아온 바르트는 미학적이거나 수사학적인 모든 기능에 묘사의 어떤 표기에 대한 반대에서 사실주의 문학의 특성[11]을 보게 된다. 플로베르의 《순박한 마음》에서 벽에 걸려 있는 기압계와 같이 문학적인 관점에서 **의미 없는 세부 묘사**들도 전기능을 배제한 지시 대상의 정확성, 의미를 배제한 '구체적인 것', 역사적 이야기에서와 마찬가지로 사실을 위한 사실을 중시한다. 기호학적인 용어로 기호 표현은 직접적으로 지시 대상을 나타내고자 한다. 다시 말해 기호 의미(세계의 정신적 단절)의 단계를 거치지 않고 사물 자체를 나타내고자 한다. 이때 그러한 쇼트는 '현실 효과', 지시 대상의 존재에 대한 환상을 낳는다. 이런 '의미 없는 세부 묘사들'의 적절한 설명은 허구 문학에서 사실주의의 더 큰 문제를 야기시킨다.

3. 사실주의와 동기 유발

픽션의 개념은 이야기와 연극이 만들어 낸 세계의 자율성을 강조함으로써 미메시스에 대한 근대적 명칭일 수밖에 없으므로, 모든 픽션 작품에서는 재현과 현실의 긴장이 존재한다. 이런 관계를 설명하기 위해서 러시아 형식주의자들은 작품의 내적 일관성과 관례 및 방법의 정당화와 관련된 **동기 부여**의 개념에 의존하고 있다. 토마체프스키[12]는 이렇게 사물의 지각을 바꾸는 것을 목적으로 삼는 기이한 방법과 같이 플롯의 필요성을 통해 **구성적 동기 유발**을 정의하고, 예술적 구성의 기교들을 통해 **미학적 동기 유발**을 정의한다. 끝으로 **사실적 동기 유발**은 오로지 쓸데없는 세부 묘사가 아니라 보통 텍스트에 의해 생성된 현실의 환상을 가리킨다. 텍스트는 일반적인 작품을 자연스럽고 투명하게 만듦으로써(길에서 발견된 원고, 현실과 같은 상황에 도입된 이야기) 방법들과 예술적 구성을 은폐하는 결과를 초래한다.

사실주의의 보편화된 상관성

실제로 로만 야콥슨은 그의 형식주의 시기[13]가 시작된 부분에 초점을 맞추어 고전주의에서 초현실주의에 이르기까지 대부분의 문학 혁명이 사실에 훨씬 더 충실하다는 미명하에 이루어졌다 할지라도 저자의 사실임직함의 열망, 이와 관련된 독자의 자의적인 판단, 비본질적인 세부 묘사의 가치 부여 같은 미학적 방법들, 그렇게 명명된 19세기 문학 유파의 역사적 실존을 '사실주의'라는 용어로 구별해야만 한다는 것을 밝히고 있다.

사실주의는 항상 예술 언어와 재현의 관례에 대한 것이다. 회화와의 비교는 인상적인 좋은 예이다. 관점의 규칙들은 유일한 관점에 의하면 표면에 공간의 특별한 투사 방식에서 기인한다. 입체주의적 분할은 단순히 다른 방법의 선택, 대상들의 입체감에 더 충실하지만 그 다음 사실주의적 동기 유발이 가능한 다양한 관점의 선택에서 기인한다. 이것은 그림에 거울이 있는 것과 같다. 사실주의적 동기 부여는 그것이 아무리 교묘하더라도 결국 '표상 문자'를 적당히 바꾸고, 사실의 인지 자체를 바꾸는 예술적 필요성을 가리킨다. 한 마디로 말해 방금 정의된 넓은 의미에서 사실주의는 재현 예술의 원동력인 동시에 변명이다.

3. 픽션과 시

픽션의 일관성은 가령 요소들을 대부분 현실 세계에서 빌려 온다고 해도 상대적으로 자의적인 세계를 만들어 내게 되는 것과 같은 것이다. 픽션의 조작 개념이 또한 이론적인 측면에서 문학의 정의를 통일하고, 달리 말하자면 시학에서 배제될 수 없는 **문학성**의 문제를 해결하는 데 기여할 것이라고 기대해도 될까? 이미 아리스토텔레스의 경우 **미메시스**, 즉 스토리 형식을 띤 상상적 사건들의 재현이 존재할 때에만 언어적 창작인 **시**가 존재할 뿐이다. 말하자면 문학은 픽션이다. 이때 근대적 의미에서 시를 무엇이라고 정의해야 할까? 시가 긍정적이든 부정적이든 픽션에 결부될 수 있다는 점을 입증하는 것은, 결국 문학성의 유일한 기준을 마련할 수 있다는 확신일 것이다.

1. '가공적 이야기꾸미기' 로서의 문학

첫번째 해결책은 픽션보다 더 넓은 영역을 찾는 것이다. 그것은 웰렉과 워런이 '문학의 본질'이라는 장에서 "'문학'이란 용어를 문학의 예술, 다시 말해 상상력 문학에만 적용하는 것이 더 바람직하다"[14]고 제시한 것과 유사하다. 게다가 독일어에서는 아주 엄밀하게 그리스어로 poièsis의 본래 의미에 따라 시와 픽션을 가리키는 Dichtung('만들다, 구성하다'라는 뜻의 dichten에서 나온 말)라는 단 하나의 용어가 사용되고 있다. 그런 재통합은 매력적이면서도 안정적인 듯하다. 따라서 우리는 문학의 근원에서 상상력이나 창작력, 가공적 이야기꾸미기(fabulation)를 발견하게 될 것이다. 그러나 그런 불확실한 화해는 웅변적인 장르들을 배제한다. 그렇지만 그것은 전기와 역사의 장르, 광범위한 에세이 영역과 마찬가지로 문학 개념의 기원(1장의 어법을 벗어난 장르 참조)에 속한다. 그와 같은 조건에서 보면 몽테뉴와 보쉬에는 문학에 속하지 않는다.

특히 웰렉과 워런의 몇 가지 방식들은 실제로 픽션에 대한 '순수'시의 단순한 병합의 문제라는 것을 생각케 한다. 말하자면 "주관적 서정시에서조차 시인을 가리키는 '나(Je)'는 허구적이고 극적인 '나(Je)'이다." 또한 그 개념은 "(가공적 이야기꾸미기에 근거한) 소설·시·연극에서 바람직하지 않은 모든 종류의 픽션을 포함한다."[15] 그런 단언들은 서정적이고 단순한 인물이 된 '나(Je)'와 시에서 전제되는 지시 대상의 특성을 중요하게 여기지 않는 것처럼 보인다. 시는 세계와 일관성을 갖기보다는 시어가 그 자체만을 지시하지 않는 한 어쩌면 우리 세계의 화려함에 불과할 것이다. 상상력과 가공

적 이야기꾸미기를 가장하여 근본적인 아리스토텔레스 철학에서 영
감을 부여받은 서정적 변칙을 축소하려는 시도에 불과한 문제인 것
같다.

2. 픽션과 논픽션

문학의 기능적 논리: '근원적인 나'

케테 함부르거는 1957년 출간된 유명한 책에서 논픽션의 단순한
기준으로 픽션의 아리스토텔레스 철학의 기준을 완성코자 하였다.[16)]
사실 함부르거에 의하면, 모든 언술은 현실에 의거하는 것이라고 주
장하지만 그 근원과 '근원적인 나(진술자)' 가 정하는 유일한 지시적
고정성이 언술에 영향을 끼친다는 것이다. 그래서 '픽션' 이라는 장
르에서 인물들의 '근원적인 나' 가 관점을 지배하게 되고, 담론에 그
들의 시간적·공간적 상황이 삽입된다는 단순한 사실로 인하여 서
술 양식이나 연극 양식의 모든 언술은 허구적이 된다.

그와 반대로 그것은 시인의 지시 대상 '근원적인 나' 가 생산해 내
는 많은 사실의 언술이고, 시는 논픽션으로 다시 정의된다. 그렇지
만 그런 서정적인 '나' 는 '정의되지 않은 채' 남아 있고, 그런 '나'
는 논리적으로 시인을 닮아 있을 뿐이다. 그는 독자에게 열려 있는
상상적 경험의 '나' 이다. 결국 문학이라는 장의 언술적 분할로 태
(態)의 특성이 중시된다면, 시에서 의미의 생산은 제대로 설명될 수
없다. 낭만적 전통에 의하면, 시는 텍스트 자체를 가리킬 뿐이기 때
문에 지시 대상의 현실에 고정된 것을 초월한다.

재현과 표현: 문학의 새로운 분류

단순히 시를 픽션의 반대되는 개념으로 정의하기보다는 아마도 당연히 그 의미론적 특성에서 출발해야만 할 것이다. 작시법보다 한정적이라고 할 수 없는 시를 정의하려는 토도로프는 산문시의 결정적인 경우에 집착한다. 예를 들면 산문으로 되어 있지만 시집,[17] 특히 랭보의 《일뤼미나시옹》에서 재현은 이미지들의 이질성과 통사적 모순에 의해 체계적으로 약화된다. 토도로프는 **시학성**(poéticité)을 설명하기 위해 예술철학자 에티엔 수리오(1892-1979)가 윤곽을 잡아 놓은 구별을 수정할 것을 제안한다. 구상화나 서술 픽션과 같이 **재현적**인 작품은 파벨의 '두드러진 구조'를 예고하는 '존재론적 양분'을 통해 작품과 별개로 **재현된** 존재와 사물들의 부차적인 세계를 제시한다. 음악이나 건축·추상화 같은 **표현** 예술에서 작품은 그 자체를 가리키고, 그 자체의 구조를 **나타낼 뿐이다.**

토도로프에 의하면, 문학에서 **자동사적**이 된 음의 기호 표현이 어떤 의미(문자주의자나 구체적인 시)로도 타동사적이 되지 않는 '순수 운율법'의 시뿐만 아니라 단어들 역시 의미하는 바가 있지만, 문장이 가능할 수 있는 재현을 모두 해체하고 기호 의미가 **자동사적**이 되어 일관성 있는 세계의 어떤 상태도 가리키지 않는 수많은 시들(랭보의 시처럼)이 표현적이라고 이야기될 수 있다. 보들레르의 《소산문 시집》은 재현적이고 서술적이기 때문에 표현적 특성이 시의 다른 특성 중에서 변별적일 뿐이고, 작시법의 형식적인 기준을 바꾸지 못하지만 완벽하게 만든다고 토도로프는 신중하게 결론을 내리고 있다.

3. 문학성이 픽션을 초월한다

문학을 하나로 정의하려는 시도들은 모두 공통적으로 픽션의 기준을 확장시키고(가공적 이야기꾸미기), 그것을 정반대의 것(논픽션)이나 같은 질서의 기준(표현)으로 완성코자 하면서 픽션의 기준에 의거하고 있다. 그렇지만 실제로 그런 시도들이 운문과 산문의 운율적인 대립과 상이한 장르들에서 문학의 일반적인 분류를 허물지는 않는다. 결국 '이야기'와 '픽션,' 외견상 중립적인 다른 용어들은 이미 장르의 최초 분류를 내포하고 있다. 당장 장르의 문제가 시학과 문학을 정의하는 문제에서 제기된다는 것을 염두에 두면 그 문제는 당장 검토될 것이다.

픽션과 표현법: 양분된 문학성

사실 픽션을 통해 정의하려는 시도들은 실패거나 상대적인 성공일 수밖에 없다. 왜냐하면 그런 시도들은 제라르 주네트가 당당하게 주장하는[18] 문학성의 불가피한 불균형을 무시하기 때문이다. 주네트는 로만 야콥슨에 의한 시학의 근본적인 문제를 계승한다. 구어로 된 텍스트이든 문어로 된 텍스트이든 어떤 기준에 따라 미학적 기능의 언어적 대상으로 인지될 수 있지 않을까? **인지된다는 것**, 그것은 여기서 문학성이 조건부이고 독자의 잠정적이고 일시적인 판단에 의존하는 텍스트와 마찬가지로 본래 미학적 텍스트와 의도적인 텍스트에 흥미를 가지게 된다는 것을 의미한다. 이것은 구성과 조건이라는 문학성의 두 가지 규정의 정의이다.

이때 이런 답을 얻을 수 있다. 하나의 텍스트는 담론의 내용에 기인하는 **주제**의 기준에 따르든, 언어적 특수성에서 그 자체로 간주된 담론에 기인하는 **이야기되는**[19] 기준에 따르든(이것이 예고된 불균형이다) 하나의 예술 작품으로 인지될 수 있다. 전자에 속하는 **픽션**(fiction)은 구성에 있어서 문학적이다. 그와 반대로 후자에 속하는 **표현법**(diction)은 때로는 구성으로(운문), 때로는 조건에 따라(비기능적인 산문) 문학적이다. 예를 들면 데카르트의 철학 텍스트들이나 미슐레의 역사 텍스트들도 시대와 사람에 따라 문학으로 간주된다. 반면에 운문으로 씌어진 시들 중에서 가장 나쁜 것이나 소설 중의 가장 나쁜 것도 본래 문학이 될 수 있을 것이다.

그런 답은 아주 단순하면서도 적절치 못한 것처럼 보일 수 있다. 그럼에도 불구하고 쉽게 기억될 수 있는 '픽션과 표현법'의 분류는 웰렉이나 워런과 반대로 조건부 문학성의 문제를 개연적으로 제기할 수 있는 장점이 있다. 특히 그런 분류는 통일의 가능성이 없다고 생각지 않기 때문에 담론의 목적과 본질, 내용과 문체 사이에 문학성을 양분시키는 어쩔 수 없는 분리를 다시 제기하게 만든다. 게다가 그런 분리는 시학을 통하고 여기서 다시 이루어진 효과적인 분류를 입증해 준다. 말하자면 이야기와 시는 같은 시학의 영역에 속하지 않는다.

4. 이미지들의 길

문학성 양상의 분류를 언급하고 증명한 주네트는 산문과 시의 대립이 점진적인 것이라고 분명하게 말하고 있다. 시는 작시법의 구성 기준에 한정되는 것이 아니라, "특별한 주제들이나 '이미지'로 된 내용, 언어 표기의 배열"과 같이 더 유연성 있고 다양한 다른 기준에 확대 적용된다. 그런 예들은 담론적 기준(언어의 기준)이 시를 충분히 정의할 수 없음을 암시한다. 이론의 여지없이 시는 주제의 기준을 요한다. 말하자면 수신자에게 취하는 봉헌의 몸짓——꽃·열정·마음, 특히 말들——은 운문이든 산문이든 사랑을 노래한 서정시에 대해 교차하는 관점을 가지게 한다. 롱사르의 《카상드르에게 바친 오드》에서 데스노스의 《익명의 여인에게》 헌정한 짤막한 속편에 이르기까지 제목이 헌정의 형식을 가지는 수많은 시를 생각해 보자.

주네트가 신중하게 **이미지**를 괄호로 묶은 것은 아마도 재현의 내용보다는 수사학의 전형을 이해한다는 바를 의미할 것이다. 그렇지만 의미의 순수한 현상, 언어의 효과가 되기도 하는 이미지는 이미지의 힘을 갖는다. 이미지는 상상력을 불러일으키고, 꿈을 구체화하며, 몽상을 발전시킨다. 철학자 가스통 바슐라르(1884-1962)가 말년에 몰두했던 것은 항상 왕성하게 샘솟는 상상력의 작용으로 인지된 시에 대한 명상이었다.

1. 상상력의 작용

바슐라르는 상상력을 인지로부터 이미지를 형성하는 능력이 아니라, 시를 탄생시키는 몽상 자체를 의식한 **몽상**의 역동성에서 이미지를 해체하여 늘 새로운 이미지를 생성시키는 능력이라고 정의한다. 밤의 환영이나 악몽에서 벗어나는 것과 마찬가지로 낮의 근심과 합리적인 임무에서 벗어난 몽상가는 실제로 심리 현상의 애매 모호함에서 세계, 그가 살고 싶은 행복하고 내밀한 세계에 마음을 연다. 바슐라르는 세계의 정체되고 두께 없는 형태만이 눈에 보이는 재생적 상상력에 장인이나 연금술사처럼 재료들을 조형하고 다듬기 위하여 사물의 형태 없이 개체화된 **재료들**을 모으는 창조적 상상력을 대비시킨다.

시의 왕국에서 이미지는 제1의 현실이다. 이미지는 어떤 것을 나타내는 것도 아니고, 어떤 것을 **상징하지도** 않으며, 그 자체로 생명력을 가지고 독자의 정신을 제어하듯이 연속적인 변신을 통해 시인의 정신을 제어한다. 시인의 꿈에서 야기되고, 기술법에 의해 단어의 근원과 리듬으로 변형된 이미지들은 독자의 정신에 그것의 떨림을 전달하는 본질적인 미덕이 있다. "몽상을 통해서만 특이한 이미지들이 전해질 수 있다."[20] 이것이 바슐라르의 황금률이다. 모방적 기술법의 성공으로 그 자신의 독자를 감동시키는 열광적인 몰입에서 시인들의 이미지들을 '제1의 몽상으로' 살려야만 한다.

2. 불꽃의 시

그때부터 기술되고 연속된 몽상의 흐름을 느끼게 하려면 쉽게 전달되는 이미지 창조의 예를 들도록 노력해야만 한다. 바슐라르가 《불의 시학》이란 제목으로 꿈꾸다가 죽음으로 중단되어 버린, 마지막 저서의 방향이 바뀐 짤막한 연구서 《촛불의 미학》에서 촛불의 약한 불빛 앞에 있는 인간만이 세계의 비밀까지도 깊이 파고 들어가고자 하는 우주적 몽상에 빠지게 된다는 것이다. 여기에는 다른 곳에서와 마찬가지로 물질의 무언의 드라마, 물질이 내포하는 가치의 혼란을 추구하는 창조적 상상력은, 몽상가의 타고난 육체와 일치된 거의 연금술적인 변화를 통해 물질적 요소의 애매성을 이중적 이미지로 분명히 나타나게 만든다. 주베르는 "불꽃은 축축한 불이다"라고 쓴 바 있고, 바슐라르는 "이때 주베르의《팡세》독자 역시 상상하기를 즐긴다. 그의 눈에는 그런 축축한 불꽃, 즉 활활 타는 듯한 액체가 수직으로 솟는 시냇물처럼 위로, 하늘을 향해 흐르는 것이 보인다"[21]라고 언급한다.

주베르의 '이미지-사고'는 깊이 생각하는 철학자의 책상 위에 촛불과 모래통이 놓여 있다는 것, 바슐라르에게 적절한 다른 것으로 느껴지고 전개되며 표출된다. "불꽃은 위로 흐르는 모래통이다. 흘러내리는 모래보다 더 가벼운 불꽃은 마치 시간 자체가 행해야 할 어떤 일이 있는 것처럼 그 나름의 형태를 만든다." 주베르의 '이미지-사유-문장'을 활기 있게 만드는 상상력으로 황홀해서 바슐라르 자신도 촛불과 그 이미지의 후광을 주시하면서 사유-이미지를 잉태시킨다. 불꽃은 모래통에서 떨어지는 무겁고 광물적이며 부서지기 쉬운 시간이 아니라, 인간 지속 시간의 가볍고 활기 있고 유기적인 시간처럼 살아 있고 가물거리며 요동치고 깜박거린다. 이 자극적인 조그만 책의 속편은 인간이나 동물·식물의 삶과 같이 불꽃의 삶의 제1의 직관을 확인시켜 준다.

3. 상상계와 언어

시적 상상력의 바슐라르 이론은 적용 범위가 넓고 감각적이며 암시적이라 하더라도 서론에서 정의된 본래 의미의 시학에서 벗어나 있다. 물론 그의 연구는 일반적이다. 바슐라르는 상상계의 조직화된 지도를 그리기 위해 풍부한 시적 이미지에서 이미지의 근원과 갈래를 밝히고자 한다. 그런 연구의 정당성은 문제되지 않는다. 단순히 그의 이론이 문학에 맞춰진 관점은 시학의 관점이 아니다.

단어의 몽상가

사실 시를 통해, 게다가 또 문학을 통해 "이미지 탐구자의 단순한 직분"[22]을 수행한 바슐라르는 짤막한 인용들을 유리시키면서 문장을 초월하고 포괄하기 위하여 음성 차원에서 연유하는 시의 언어학적 차원, 고유한 예술적 구성을 거의 이해하지 못하고 있다. 실제로 그는 결코 밑으로 내려가지도, 위로 올라가지도 않고 희귀한 천연 금괴처럼 '이미지-문장'이나 한 단어가 되어 버린 '이미지-근원'까지도 문맥에서 도출해 낸다. 그때부터 그는 상호적으로 변하는 이미지와 단어 및 소리의 결합, 리듬의 내적 구성 같은 시의 총체적 구조에 도달하지 못한다. 바슐라르는 시를 고찰하는 시작 단계에서 '리듬 분석(rythmanalyse)'[23]을 개괄적으로 설명하지만, 그것은 시적 언어의 리듬보다도 물체와 창조적 정신과 일치하는 떨림을 더 많이 모은다. 결국 그는 존재론, 게다가 이미지에 적절한 **개체 발생**(존재의 창조)에 몰두하기 위하여 리듬 분석을 단념하였다.

그것은 바슐라르가 언어학적 형식에 거의 관심을 가지지 않고, 시의 그러한 원자론적인 접근에 따라서 초의 불꽃의 의태어처럼 '깜박거리다'와 같이 한 단어로 꿈꾸기 위한 것이다.[24] 그래서 시는 언어의 미학적 조합으로 간주된다기보다는 오히려 부차적으로 기술된 몽상, 영혼의 상태로 간주된다. "단어들과 단어의 유연성은 꿈꾸는 것을 도와 준다."[25] 하지만 바슐라르가 찬양하고 있는 바와 같이 '단어의 몽상가'의 상상력이 시학 텍스트의 특수한 메커니즘을 이해하도록 해주지 않을까?

4

시의 시학, 또는 선조적 담론의 소멸

화가 드가는 종종 시를 쓰고자 했다. 그는 어느 날 말라르메에게 "당신의 직업은 끔찍하오. 나는 원하는 바를 행하지 못하지만 생각이 많습니다……" 하고 말했다. 그러자 말라르메가 대답했다. "친애하는 드가 씨, 시는 생각으로 쓰는 것이 아닙니다. **단어들로 쓰는 겁니다.**" 말라르메[1]의 말을 인용한 발레리 자신도 시에서 생산적이면서 수용 가능한 '특별한 감정 상태'와, 또 한편 "그 목적은 언어의 기교를 이용해서 단어의 본래 의미가 가리키는 감정을 재구성하는 것이라는 기술과 이상한 재치를 보여 준다."[2] 생각이나 한편의 감정 상태, 단어들과 다른 한편의 언어 기술. 말하자면 시에 대한 보족적인 두 가지 관점은 시를 대상으로 삼는 모든 담론을 공유한다. 플라톤의 《이온》까지 거슬러 올라가는 오랜 전통에서 시는 분명히 영감의 자기 상태, 신성한 열광, 시의 여신 뮤즈의 목소리를 통해 나오는 파롤로 정의되기도 하고, 바슐라르와 더불어 기묘하게 전파되는 물질적 상상력의 몽상으로도 정의되고 있다.

토도로프가 의존하고 있는 언어학적 영감의 영역은 시의 여러 가지 개념을 존재하게 만드는 데 소중해 보인다.[3] 우선 그는 "시의 출현에 앞서 저자의 정신 상태나 시를 이해하는 독자의 정신 상태를 통해 시를 정의하는" **활용론적인** 여러 가지 개념들을 구별한다. 그런 개념들은 토도로프가 시학자로서 비판하여 당장 고찰된 전통에 부합된다. 전달된 감정은 시를 충분히 정의하지 못한다. 독자는 텍스트에서나 텍스트를 통해 시인의 정신 상태에 접근한다.

그리고 토도로프는 본래 의미 작용의 법칙에 의해 지배되는 시어의 존재를 전제하는 **의미론적** 이론과 시적 특성을 텍스트의 형식적인 구성에 배치하는 **통사론적** 이론을 구별한다. 시 텍스트의 언어학적 본질과 그 의미, 자율적 구조에 결부되는 후자의 두 유형의 이론은 이론의 여지없이 시학의 영역에 속한다. 그래서 우리는 마지막으로 '의미화 과정'을 원용하고, 두 가지 접근 방식을 결합시키는 이론을 논의하기 전에 두 유형의 이론을 차례차례 고찰해 볼 것이다.

1. 시적 언어

시는 의사 소통의 단순한 도구로 간주된 일상 언어에서 더 많은 의미가 담겨 있는 다른 언어를 형성하는 경향이 있다. 아주 널리 알려진 그런 개념은 계속 강조된다. 말하자면 고도의 색채 언어는 고전 수사학의 문채(文彩)와 감정을 내포하는 의미로 사물을 더 생생하게 그릴 수 있다. 원초적인 능력은 언어에서 소리와 의미의 관계에 동기를 부여받게 된다. 왜냐하면 그런 관계로 사물들의 존재 자체가 정리될 수 있기 때문이다. 끝으로 자율적 언어는 그 자체로 의미하는 것과 다른 목적 없이 일관성 있는 형태를 구성한다.

1. 문채의 장식

아베 뒤 보스(1670-1742)는 《시와 회화의 비평적 고찰》(1718)에서 "시적 언어는 시인을 만드는 것이지 운율과 각운을 형성하는 것은 아니다. 그러나 시의 가장 중요하고 가장 어려운 부분은 사람들이 이야기하고 싶어하는 아름다운 것을 묘사하는 이미지들을 찾아내는 데 있다. 부언하면 사고에 감각적인 일관성을 줄 수 있는 고유한 표현을 마음대로 구사하는 데 있다"라고 설명한다. 회화의 미메시스와 단어들이 초래할 수밖에 없는 감각적 효과를 '이미지'라는 단어를 통해 이해해야만 한다. 시적 담론은 산문에 불과하지만, 뒤 보스는 시적 담론을 문채의 감각적인 우회적 표현, 즉 담론에 부가된 자유로운 장식을 통해 더 멋있고 더 신랄하며 더 고상하게 묘사한다.

쾌락과 의미의 근거 없는 부가라고 할 수 있는 문채도 본래 번역이 가능하다. 말하자면 그것은 우언법으로 암암리에 글자 그대로 판단된 표현을 가리킨다. 엄밀히 말해 단어와 거기서 파생된 의미의 차이를 나타내는 현시적인 기호 표기와 잠재적인 기호 표기 사이에 그런 관계가 없다면 문채는 존재하지 않는다. 돛이 더 직접적인 기호 표기 '배'[4]로 해석될 수 있을 경우에만, 제유법으로 '돛'은 부분을 전체로 대체함으로써 배를 의미한다.

단어에 내재된 감정

암암리에 하나의 기호 표기를 다른 기호 표기로 나타나게 만듦으로써 담론의 선조성을 혼란스럽게 만드는 우회적인 표현은 표현성의 요인이다. 문채는 상상력으로 많은 힘을 가지는 관념·감정·사물을 표현한다. 말하는 방식에서 자유로운 선택을 나타내는 문채는 발신자의 열정으로 형성된다. 잘 알려진 기호학적 대립에 의해 문채는 간접적으로 그것의 기호 내용을 **외시**(外示)**하고**, 정의적 가치를 **공시**(公示)**한다**. 하지만 주네트가 강조하고 있는 바와 같이 그것은 또한 작용하고 시의 특징이 되는 감각적인 우회적 표현을 포함한다. 즉 '불꽃'은 사랑을 나타내고, 불타는 정열과 동시에 언어의 시적 용법을 포함한다. 이때 문채의 체계적이고 이론에 기초를 둔 상세한 조사를 통해 수사학은 문학적 공시, 즉 시적 기호의 분류법을 확립시키고자 했을 것이다. 결국 수사학의 이상은 문학 언어를 제1의 언어에 내재해 있는 제2의 언어처럼 체계화하는 데 있을 것이다.[5]

2. 상징의 유연성

소쉬르의 용어에서 상징을 특징짓는 것은 기호 표기(signifiant)와 기호 내용(signifié)의 관계의 **자의성**으로 정의된 기호에 **유연성**을 도입하는 것이다. 사실상 기호 표기들이나 기호 내용들에서만 유연성을 가질 수 있다. 말하자면 전자에서 의성어 '꾸꾸'는 소리를 통해 지시된 새의 노래를 모방한다. 후자에서 **불꽃**과 **사랑**의 은유적 관계는 불의 효과와 감정의 효과 사이의 유추에 의해 이루어진다. 그렇지만 시는 직접적으로 기호 표기와 기호 내용의 관계를 정당화시키고, 소리가 내적으로는 의미에 근거를 두었다는 발생기 상태의 꿈에서 언어를 되찾기 바란다. 그렇게 함으로써 시는 그 명칭을 부여한 플라톤의 대화에서 단어들이 형성되는데, 사물들의 특성을 모방한다고 주장하는 《크라틸로스》의 계보에 속한다. '크라틸로시즘

(cratylisme)'은 시적 언어의 토대가 되는 신화이다.[6]

말라르메에 의한 침묵의 언어

말라르메의 검증에 의하면, "여러 가지 점에서 불완전한 언어들이 최상의 언어를 망친다"[7]고 한다. 말하자면 최상의 언어는 생각을 완벽하게 표현하는 신의 언어이고, 거리감 없이 생각되고 단어들이 물질적 진실이 될 수도 있을 더 나은 신의 언어이다. 시가 이상적으로 채우려고 해야만 하는 것은 그런 부족함, 즉 '밤'이 밝은 음색일 때 '낮'은 어두운 음색이라는 결과를 초래한다는 소리와 개념 사이의 불일치이다. 그렇지만 용어들이 그 자체로 관념을 부여한다 하더라도 "……시구는 존재하지 않을 것이다. 말하자면 시구는 언어의 오류를 철학적으로 보완하는 최상의 보완이다."

시구는 무엇으로 '보완'이 이루어질 수 있을까? 다시 말해 시가 부여할 수 없는 용어들을 무엇으로 채울 수 있을까? "시선을 통한 이해로 단어들의 폭넓은 중간 수준은 엄청난 침묵과 더불어 결정적인 특징으로 정리된다." 시에서 기호 표기는 소리처럼 표기되는 것이다. 시인의 말에 내면적 욕구를 부여하는 시의 규칙성은 음성의 리듬을 통해서 나타날 뿐만 아니라 언뜻 보기에 백지 위에 규칙적인 행, '결정적인 특징'으로 뚜렷이 드러난다. 그런데 시적 파롤은 침묵, 즉 공백으로 구성되고, 파롤에 사물의 부재를 포함하며, 세계를 부정하게 됨으로써 필요하고 결정적인 것이 된다. 이렇게 그 자체로 끝맺으려면 시적 파롤은 연결된 단어들의 조화, 적합한 이미지들의 상징 체계, 파롤의 암시에 음악적인 음색의 조화를 부가시키는 분명하고 이해 가능한 음악이어야만 한다.

그렇게 구상된 시는 동전과 같이 가치가 하락되어 통용되고 있는 속어들처럼 사물을 가리키는 것이 아니라 암시와 예언의 방식으로 단어들의 비물질적인 윤곽과 규정된 무, 즉 단어들의 개념을 상기시킨다. 시는 "감동을 일으킬 만한 것이 거의 없는 자연사를 경이로운 것으로 옮겨 놓으려는" 시도이다. 말라르메는 한 단어로 한정된 예가 사라진 경우를 설명하고 있다. "'내가 꽃이야!' 라고 말할 때 목소리가 이미 알려진 성배와 다른 것의 범위에서 어떤 윤곽을 지워 버리는 망각 상태를 벗어나, 관념적이고 향기 그윽한 꽃다발의 부재가 음악적으로 드러난다."

시구에서 단어들의 결합과 페이지마다 단어들의 배열을 통해, 단어들을 상호적으로 쇄신시키기 위해 사라진 필연성과 부정하는 힘이 되어 버린 언어의 자유로운 놀이는 시인 자신까지도 파기시킨다. "순수한 작품은 결집된 단어들의 균등하지 못한 충돌로 단어에 주도권을 넘기는 사라진 시인의 발성을 내포한다. 단어들은 보석 세공품에 남아 있는 가늘고 긴 불의 자국처럼 반사적으로 빛을 낸다." 결국 말라르메의 개념은 "이곳에서는 있는 그대로거나 직접적이고, 저곳에서는 본질적인 파롤의 이중적 상태"를 나타낸 것이다. 그런 상태는 부정하면서도 그것이 아닌 모든 것을 흡수할 만큼 본질적이다.

단어들의 춤

말라르메의 친구이자 호적수인 발레리는 시적 언어와 소통의 언어로 구별되는 '소리와 의미의 불가분성'을 강조하면서 자신의 견해를 분명히 밝히고 있다.[8] 일상적 용법에서 파롤은 함께 이야기한 사람이 그것을 이해한다는 사실 자체에 의해 소멸된다. 그것은 머릿속에서 이미지·관계·충동으로 즉각 대체된다. 그와 반대로 시는 파롤의 감각적 형식과 동일시되지 않고 사라지지만, 그것과 무관한 행위로 끝나지 않고 거듭 일게 되는 욕구를 창출하는 파롤이다.

말레르브와 전기 낭만주의자 모리츠(1장 참조)의 뒤를 이어서 발레리는 걷기와 춤의 대조적인 측면을 비교한다.[9] 걸음걸이와 방식, 접어든 길이 어떠하든간에 우리는 상황에 따른 목표를 향해 걷는다. 그리고 일단 목표 지점에 도달하면 도정은 끝이 난다. 그와 반대로 춤은 어느곳으로도 가지 않는다. 그것은 "행위 체계이다. 그러나 그 행위는 그 자체로 목적을 가지고" 육체적으로나 정신적으로 어떤 상태를 유지코자 한다. 그렇지만 걷는 것이나 춤을 추는 것은 똑같은 육체이고, 의사 소통에 사용되거나 시로 변형되는 것은 같은 언어이지만 둘 다 "다르게 정리되고 다르게 감정을 유발시킨다." 그래서 그것은 도달한 장소나 전달된 의미의 이면으로 사라지는 것이 아니다.

소리와 의미, 목소리와 생각, 존재와 부재 사이에 중요한 균형을 이루게 됨으로써 시는 '완벽한 언어'가 될 수 있는 것이다. 그때부터 시는 '표현이 적절한 완벽한 체계'로 정의될 수 있다. 발레리는 여기서 강조하기를 창작에 대한 비평 작업, 시의 구성 체계에서 고심한 듯한 통합의 흔적이 엿보이지 않으면 순간적인 시적 상태, 일시적 감정, 단어나 리듬의 우연한 착상은 아무런 가치도 없다는 것이다. "나의 시 〈해변의 묘지〉는 내 마음속에 하나의 리듬으로 시작되었다. 그것은 4음절과 6음절로 나누어진 10음절 시구의 리듬이다. 나는 그런 형식을 채울 수 있는 어떠한 관념도 없었다. 주제가 서서히 결정되면서 머리에 맴돌던 단어들이 하나하나 거기에 고정되고, 작업(아주 긴 작업)이 요구되었다."[10] 괄호 부분은 설득력이 있다.

3. 시의 체계

요컨대 낭만주의 이론에서 착상된 시의 유연적(有緣的) 언어에 대한 말라르메와 발레리의 견해는 시의 언어학적 메커니즘과 언어적 구조에 대한 명확한 분석을 요한다. 여기서 앞서 프로프·치로프스키·토마체프스키·야콥슨 같은 대표적인 학자들을 만난 바 있는 러시아 형식주의의 근원으로 되돌아가야 한다. 1917년 러시아 혁명 전후 미래주의의 영향을 받은 러시아의 젊은 이론가들과 시인들(그 중에서 마야코프스키와 파스테르나크)이 모스크바의 언어학 서클에 모여 '시어연구회'(Opoïaz)[11]를 창립했다. 그들은 운문으로 이루어지고 이미지로 장식된 단순한 산문적 담론을 시로 만든 내용과 형식의 수사학적 대립에 대해 **형식** 자체를 외관뿐만 아니라 역동적 통일, 예술적 재료의 내적 구조(소리, 리듬, 통사 구조, 의미)로 이해한다.

시적 언어의 낯섦

그들의 이론화하려는 노력을 토대로 우리는 예술이 형식을 가시화하고 대상에 대해 놀라운 비전을 제시하기 위하여 기발한 방법들을 찾아내는[12] 근원적인 개념을 발견한다. 치로프스키에 의하면, 시적 언어가 주의를 끌고 대상을 특별히 인지시키려면 낯설고 어려우며, 게다가 모호하게 나타나야만 한다는 것이다. 그것은 시에 방언이나 낯선 단어들이 들어 있다는 것과 고어적 표현, 더 보편적으로 통용되고 있는 통사 구조의 변형과 작시법, 주목하지 않으면 언어를 이해하는 데 그만큼 어려움이 생긴다는 것을 나타낸다.

리듬과 통사 구조

소리의 고유한 가치 이외에 단어가 지니는 의미와 무관한 러시아 형식주의자들의 '시구의 이론'은 리듬의 문제를 가장 중요한 것으로 평가한다. 시구에서 음절의 계산(프랑스어)이나 강세(러시아어) 같은 운율학에서는 시가 무기력하고 측정하기 어려운 의미 영역으로 간주된다. 그와 반대로 브릭[13]에 의하면, 리듬은 시구가 표면에 불과하고 특별한 통사 구조의 형태에 따라 시를 근본적으로 구성하는 생생한 충동이다. 시적 통사 구조에서 구체화된 리듬의 개념은, 나중에 시를 운문으로 씌어진 산문적 언어로 만드는 장식적 개념과 의미의 큰 영향력에서 벗어난 언어의 음과 리듬에 대한 순수한 탐구로 만드는 미래주의자들의 '전달적' 개념의 동등한 언어로 정의토록 한다. 특히 운율의 규칙성과 통사 구조의 경이로움 사이에 역동적 형식인 리듬은 시의 모든 요소들을 조직화한다.

결국 형식주의자들은 시를 분석하는 마지막 단계, 즉 의미론적인 단계로 몰아가지 않고, 음성(청각과 분절)이나 멜로디·운율(강세)·리듬·통사 구조와 같이 언어학적인 다른 단계의 자율성을 이끌어 낼 수 있었다. 물론 오랜 전통에 일치되지만 문제를 야기시킬 수도 있는 치로프스키에 의해 공식화된 형식주의자들의 공리가 여전히 존재한다. 말하자면 "과학적인 시학의 창조는 처음부터 규범이 다른 시적 언어와 산문적 언어가 존재한다는 점을 인정할 것을 요구한다."[14]

2. 시적 기능

프라하 언어학파의 노선을 따르면서 모스크바에서 하버드에 이르는 지적 여정을 통해 로만 야콥슨(1896-1982)은, 활동중에 자신이 참여한 바 있는 러시아 형식주의와 자신이 가장 탁월한 이론가 가운데 한 사람으로 꼽히는 구주조의 언어학 사이에 중개 역할을 하였다. 그는 상징주의 선구자들이나 형식주의 친구들과 달리 더 많은 뉘앙스가 풍기는 **기능적인** 관점을 채택하기 위해, 자율적이고 의사 소통의 일상어나 산문에 대립되는 시적 언어의 가설을 즉각 비판한다. 그에 따르면, 언어는 근본적으로 하나이지만 하나로 통제되는 것은 아니다. 언어는 중첩되고 기능에 의해 제각기 특징지어지는 다양한 '체계'가 있다. 달리 말하자면 총체적인 코드는 상호적 의사 소통에서 일련의 **하위** 코드로 이루어진다.

언어에 대한 상대주의적인 관점은 언어학에서 그러한 것과 마찬가지로 시학에서 거북할 정도로 규범과 차이, 규칙성과 일탈의 순환 논리성에 빠지지 않을 수 있다. 왜냐하면 그런 관점은 언어의 유일한 기능을 **외연성**, 즉 정보 전달로 만들고, 시나 구어를 문어체 산문의 규범에 비해 정상을 벗어난 관례로 정의하기 때문이다. '언어학과 시학'[15]의 관계에 초점을 맞춘 야콥슨은, 1960년 당시 미국에서 유행하던 커뮤니케이션 이론에서 착상하여 언어의 6가지 주요 기능을 한 가지 모델 형식으로 개념을 체계화하였다.

1. 언어의 여섯 가지 기능

    로만 야콥슨은 아브람스가 시학을 크게 네 개의 유형으로 구별했던 것(1장 참조)과 같은 방식으로 "언어학적 과정, 즉 언어 소통 행위의 구성 요인"으로 언어의 기능을 정의하고 있다. 발신자는 **접촉**, 즉 신체적 경로와 심리적인 연계를 통해서 공통된 **코드**로 언어 외적이거나 이미 언어적인 어떤 **맥락**(또는 지시 대상)에 관계되는 메시지를 수신자에게 보낸다. 구체적인 언술에서 유일하게 나타나는 것은 결코 아니지만, 다른 것을 방해하지 않고 어느것 하나가 지배하게 됨에 따라 중요하게 변하는 6가지 기능은 6가지 요인과 일치한다.

    지시 대상의 목표, 즉 메시지의 외연이나 인지의 내용에 관계되는 **지시적 기능**(fonction référentielle)은 가장 확실한 것이다. 감정적 기능 또는 **표현적 기능**(fonction émotive)은 그 중에서도 어떤 지시적 가치도 없는 감탄사("오오 좋은 날이군")와 억양 변화를 통해서 발신자가 말하는 것에 대해 표명하는 태도와 관련이 있다. **인지적 기능**(fonction conative)[16] 또는 인상적 기능은 수신자에게 영향을 미치고 그를 심문·설득하거나 복종하게 만들기 위해 애쓰는 것을 가리킨다. 특히 호격과 명령법은 그것에 결부된다. **친교적 기능**(fonction phatiques)[17]은 "여보세요" 같은 전달 경로의 기능을 확인하거나, "그렇지요?"와 같이 주의를 끄는 것을 목적으로 하는 간단한 메시지를 통한 접촉을 강조한다. 언어-대상과 메타 언어 사이에 논리학자들의 대립에 준거한 **메타 언어학적 기능**(fonction métalinguistique)은 '산문'이나 '운문'처럼 언어 사실들을 가리키는 주석과 정의·용어를 포함한다. 끝으로 시적 기능(fonction poétique)은 "그런 범위 내에서 메시지의 목적"에 의해 특징지어진다. 그것은 "기호들의 구체적인 측면을 강조한다."

이 마지막 정의는 시에 대해 발레리가 내린 정의에 아주 가깝고, 독일 낭만주의자들이 시적 언어를 토대로 제기한 자동사성에 가깝다. 노발리스는 자기 언어(Selbstsprache), 시의 '자동 언어'에 대해서 이야기한 바 있다. 그렇지만 로만 야콥슨의 기능적 입장은 더 탄력적이다. 엄격히 말해 시적 기능은 시의 한계를 넘어서는 것이고, 거리에서 행해지는 말맞추기 놀이에서 광고나 정치적인 슬로건에 이르기까지 모든 언어에 적용된다. 반대로 시적 기능의 탁월성으로 정의된 시의 분석 역시, 장르들을 구별하는 데 도움이 되는 중요한 순서에 동원된 모든 기능을 고려해야만 한다. 감정적 기능이 서정시를 특징짓는다면 지시적 기능은 서사시를 가리킨다. 그런 조건에서 시학 자체는 "언어의 다른 기능들과의 관계 속에서 시적 기능을 다루는 언어학의 분야로 정의될 수 있다."[18]

2. 시적 상관성

모든 언어 메시지는 파롤의 연속에서 동시적인 단위들 가운데 선택인 동시에 선별된 단위들의 연속으로 생산된다. 예를 들어 "여우가 달려간다"와 같은 메시지가 있다고 가정할 때, 늑대·개·족제비·고양이 등을 포함하는 의미가 유사한 등가의 단위층에서 여우란 단어의 선택이 있다. 마찬가지로 '달려간다'라는 단어도 가능한 다른 동사들, 예를 들면 뛰어오르다·돌진하다·뛰어내리다·도망치다 중에서 선택된 것이다. 결국 고정된 두 단어는 언어 연쇄로 결합된다. 선별(combinaison)과 결합(sélection)은 음소보다 하위의 변별적 자질에서 복합적인 언술에 이르기까지 모든 층위에 존재하는 언어학적 기호들의 기본적인 두 가지 배열 방식이다. 이렇게 기호는 유사성이나 상이성의 관계에 따라 잠재적인 계열(paradigme)에 부각되고, 근접성의 관계에 따라 실제적 연사(syntagme)에서 통합된다. 야콥슨 역시 수사학의 두 가지 주요 전의법, 즉 은유와 환유의 두 가지 언어학적 배열 방식을 비교하고 있다. 은유에서는 표현이 유사 관계에 따라 다른 표현으로 대치되고, 환유에서는 하나의 표현이 근접의 관계에 따라 다른 표현에 해당된다.

등가 원리

"시적 기능은 결합축 위에 선별축의 등가 원리를 투영시킨다. 등가는 시퀀스의 구성 방식에서 이루어진다."[19] 이것이 로만 야콥슨 시학의 중심적 공리이다. 운율학, 말하자면 음절, 어조, 언어 경계, 통사론적 휴지, 운율의 길이를 통해 단위들 사이에서 측정이 가능하고 등가한 것으로 간주되는 것은 무엇보다도 담론의 단위들이다. 이렇게 시퀀스는 '등가 단위의 규칙적인 반복'에 의해 구조화되고, 운문은 넓은 의미에서 영국 시인 제라드 맨리 홉킨스(1844-89) 이후 "부분적으로나 전체적으로 음성의 같은 형태를 반복하는 담론"으로 정의된다. 운율적인 등가는 각운, 자음운, 유사 모음의 반복, 유음중첩법, 동음이의성 같은 유성의 유사성에 의해 유지되기 때문에 음성적이다.

문법적 상관성

운율과 음성적 층위 이외에 등가 원리는 또한 문법적 층위, 특히 시퀀스에서 문법적 영역에 적용된다. 이렇게 야콥슨과 레비 스트로스는 보들레르의 '고양이'[20]에 관한 유명한 연구에서 일곱번째 시행이 나머지 부분의 시에 어떻게 나타나는지를 단수의 고유한 무생물명사 주어의 위치를 통해 주도 면밀하게 보여 주고 있다. 반면에 시에서 다른 주어들은 모두 복수형 보통 명사들이고 유생 명사들(사랑하는 사람들과 지식인들, 고양이들)이다. "에레보스〔암흑의 신〕는 그들을 슬픈 준마들로 취급했다." 그들은 의미론적인 측면에서 그 중심 시행(7행)이 고양이의 객관적 출현과 육체적 존재의 신화적[21]이고 천체적인 확장 사이를 연결해 준다고 추론하고 있다.

문법적 등가 역시 사용된 단어들을 통해 통사적 구조의 반복으로 성립될 수 있다. 이렇게 야콥슨은 북러시아의 발라드 《바실리와 소피아》에서, 이원적인 문법적 상관성이 남매의 근친 상간적 열정의 이야기를 어떻게 전개시키고 있는가를 보여 준다. 결국 남매는 나란히 묻혔고, 인접해 있는 무덤에서 두 그루의 나무가 돋아났다. "나무들은 윗부분이 얽혀 있었고, 잎들도 서로 얽혀 있었다."[22]

상관성이라는 말은 정확하게 운율·음성, 특히 문법적 등가를 의미론적인 비교나 대비로 이끄는 도정을 분명히 지적한다. 그런 폭넓은 의미에서 상관성은 '시의 근본적인 문제'가 된다. 그것은 야콥슨이 한정하는 의미에서 시학의 근본적인 문제가 제기되기도 한다. 그래서 시는 야콥슨의 개념에서 근본적으로 은유적이다. 그것은 등가적이고 대용되는 일련의 텍스트 공간에서 대치되고 대비된다. 특히 대조적으로 산문은 논리적으로 인접한 행위와 측면적인 묘사, 무엇인가를 상기시키는 상세한 이야기들의 결합으로 이루어진 사실주의적인 이야기 속에서 환유적일 것이다.

ㅋ. 시학의 모호성

"모호성의 음모는 시의 근원 자체에 속한다."[23] 로만 야콥슨은 《모호성의 일곱 가지 유형》이라는 중요한 연구서의 저자인 영국 비평가 윌리엄 엠프슨의 표현을 사용하고 있다. 기호들과 연결된 시퀀스의 인접성에 유사성의 중첩으로 시에 **다의적인** 특성, 다양한 의미 작용을 동시에 옮기는 역량이 부여된다. 시적 기능에 의해 그 자체로 집중된 메시지는 모호해지게 된다. 그래서 모호성은 메시지에 한정되는 것이 아니다. 모든 것은 마치 시적 기능이 언어학적 사행(事行)의 모든 요인들을 이분화시킴으로써 그것에 악영향을 미치는 것처럼 행해진다. 발신자와 수신자, 지시 대상 자체도 모호해지게 된다.

'까마귀' : 일반화된 모호성의 시

로만 야콥슨은 시의 각 절을 끝맺는 메시지 "두 번 다시 ~하지 않다"라는 말이 그에게까지 전달되었던 매개 장치를 보충하면서 아널드 포의 〈까마귀〉[24]란 시를 연구하기 시작한다. '모든 시적 메시지는 일종의 인용'이자 시퀀스의 내적 반복일 뿐만 아니라 총체성에서 외적 반복의 가능성, 말하자면 그 의미를 독서 상황과 용도의 모호성에 따라 매번 바꾸면서 그것을 다시 한 마디로 인용하고, 재인용할 수 있다는 사실로 정의되었기 때문이다.

시에서 애인의 불길한 생각이 깃든 각 절을 끝맺는 '더 이상 ~아닌'이, 죽은 애인을 슬퍼하면서 까마귀에 의해 기계적으로 반복되는 것은 여전히 같은 것이면서도 애인의 해석으로는 여전히 다른 것이다. 《시 창작의 철학》에서 포 자신은 말할 능력을 부여받은 까마귀의 예기치 않은 대답과 그 새의 기대했던 반복 사이에 자극적인 대비를 보여 주었다. 그와 같이 까마귀의 변함 없는 대답은 애인의 모든 질문을 애인이 추억과 환각, 새로운 모호성(환상적)에 사로잡혀 외로움을 느끼지 않는 한 반동으로 미리 결정된다. 그런데 음성적 측면에서 'raven'은 'never'란 단어가 '거울에 구현된 이미지' /n-v-r/ /r-v-n/처럼 나타난다. 그런 모호한 반전은 대답에서 질문의 역진적 내용을 가리키는 동시에 언어적 착각과(까마귀를 가리키는 영어의 'raven'이란 말은 애인의 머리에서 줄곧 떠나지 않는 하나의 단어 'never'에서 잉태된 것이다) 죽음의 가능성을 반전시킬 가능성이 없는 욕망을 가리킨다.

3. 의미화 과정과 시

　몇몇 이론가들은 생성언어학을 전형으로 삼아 시 텍스트나 문학 텍스트의 **생성 원리**를 밝히기 위해 로만 야콥슨의 구조 시학을 넘어설 것을 주장하였다. 그러므로 구조주의를 **넘어서서** 기호 구조 이론에 대해 비평적 입장을 취할 것을 주장하는 그들 역시 **초월적 구조주의자들**이다. 러시아 형식주의자들이나 로만 야콥슨이 설명하고 연구하는 시 텍스트 의미 작용의 실제적 **구조**를 초월해서 그들은 구조화를 역사적 주체(메쇼닉)나 무의식적 충동(크리스테바), 이상적 독자(리파테르)의 측면에 설정하면서 구조를 만들어 내는 **구조화**, 의미의 노출 작용 자체나 **의미화 과정**을 고찰하고 있다.

　정체나 사회 계층이라는 의미와는 달리 의미화 과정은 권력이다. 더 정확히 말하자면 그것은 전통적 비평이 발견했다고 믿고 있는 부동의 기호 내용의 회복하에서 기호 표기 활동 자체이다. 철자 오류(paragramme)나 텍스트 전체에 걸쳐 의미를 명확히 나타내는 단어 철자의 확산은 본보기가 되는 표명이다. 텍스트는 모든 창조적 독서가 다시 시작되는 것으로 족한 단지 외견상으로 고착화된 생산 활동으로 이해되었다. 그렇지만 의미화 과정이란 개념의 내용이 이론가마다 분명히 고유한 방향에 의존하고 있기 때문에 보편화되지 않도록 조심해야 한다.

1. 운율의 비평 이론

1970년대부터 시인이자 시학자로 알려진 앙리 메쇼닉(1932~)은 《시학을 위하여》[25]에서 형식과 의미, 기호 표기와 기호 내용으로 오랜 역사를 가지고 있는 기호의 이원론에 대한 긴 논쟁을 이끌고 있다. 그렇게 함으로써 그는 문학을 언어에, 사실과 가치처럼 묘사적이고 추상적인 문예 과학을 작품에 대응시키는 '이원적' 구조주의를 강하게 반박한다. 메쇼닉은 보편적이고 비인간적인 그러한 이원론에 반대해서, 실제 적용뿐만 아니라 시의 기술법과 일체를 이루게 되는 시의 일원론적[26]이고 유물론적인 이론을 정립시킨다.

그와 같은 통일된 관점에서 작품은 언어를 관류하는 파롤과 세계를 변화시키는 경험의 합류 지점에서 '생존과 진술의 일치'라는 주체와 객체로서 이해될 수밖에 없다. 언어학적 가치와 경험적 가치를 감각적으로 만들려면 비평 언어는 작품과 동질적인 것이어야 한다. 작품을 이전에 존재하는 영역과 지배적인 이데올로기로 형성된 모델로 환원시키려는 분석적인 '독서-문학'을 거부하는 시학은 결과적으로 '독서-기술법'이 되어야 하고, 그것은 '의미-형식,' 형식을 창조해 낸 의미, 체계로 간주되는 담론처럼 작품 속에 내재되어 있어야 한다.

운율과 운율법: 강세 체계와 소리 반향운

시를 언어나 세계에서 분리시키지 않고 연구하기 위해 메쇼닉은 운율의 통상적 개념에 집착해서 그 개념을 그에게 적합한 의미로 담론에서 의미와 주체, 이야기의 상호적 반립(伴立)으로 다시 정의한다. 그는 근본적으로 운율을 형식의 규칙성을 기계적으로 자세히 계산하고 언어를 사물로 생각하는 운율학(métriques)과 비교하고 있다. 메쇼닉은 본질적으로 러시아 형식주의자들에게서 운율의 통사론적 개념과 에밀 벤베니스트를 통해 운율이라는 말의 어원론적 의미의 탁월한 분석에서 착상하고 있다. 벤베니스트는 그리스어의 'rhuthmos'가 본래 동적이고 유동적인 것에 의해 형성된 일시적 형식, 즉 '흐르는 특별한 방식'을 의미하고, 플라톤과 더불어 시간 속에 정리된 '운동의 형식'[27]을 의미한다고 밝힌 바 있다.

운율의 본래 개념과 전달 개념을 움직이는 것의 구성으로 이해하고 있는 메쇼닉은, 운율을 길이·반강세(프랑스어에서 존재를 옹호하는)와 같이 강세 악센트, 요컨대 일반적으로 운율학이라고 말하는 지속성·강세·음향 현상들로 한정한다. 그는 의미의 보족적인 변화를 통해 담론의 자음과 모음의 구성, 두운법과 모음 반복의 반해음으로 이루어진 의미 표현의 구조를 운율법(prosodie)이라고 명명하고 있다. 그는 이것을 '소리 반향운'이라고 다시 명명하기도 한다. 문제는 메쇼닉이 이론과 비평적인 긴 서두를 시작하고도 예를 거의 제시하고 있지 않다는 데 있다. 그는 예를 들 때 고찰의 대상이 된 텍스트에 대해 종종 믿을 수 없고 종래에는 틀에 박힌 설명을 위해 운율을 운각으로 나누는 방식을 극복하고 있다.

2. 생산성으로서의 텍스트

메쇼닉은 시학과 정치학, 이론과 실제는 분리해서 생각할 수 없다고 반복해서 말하고 있지만, 기호학자이자 정신분석학자인 크리스테바(1941~)는 텍스트의 '의미 표현의 실제'를 변형적인 다른 실제, 즉 노동의 사회적 다른 형식들에 분명하게 설정한다. 텍스트는 바로 노동자가 목적을 실현하기 위해 물질을 변형시키는 것처럼, 그 것의 물질성에서 언어의 작업이자 언어에 관한 작업이다. 그런 점에서 텍스트는 근본적으로 언어 소비 사회, 다시 말해 표현을 교류하는 데 이용되는 관용어와 단절된다. 그와 같은 상업적 반감으로부터 자유로워진 텍스트는 철자바꾸기, 수학적 모태들, 문법의 치환 법칙, 텍스트 상호성 등과 같은 기호 표기의 무한한 유희에 따라 의미가 생성되는 안쪽도 바깥쪽도 없는 공간이다.

현상 텍스트(phéno-texte), 즉 외관을 미메시스로 고찰하는 텍스트의 구조화된 표면에서 의미가 분화와 층위, 대조에 의해 형성된 심층체인 정형 텍스트(géno-texte)[28]가 열린다. 다시 말해 역동적인 생성, 그것이 바로 크리스테바가 의미화 과정이라고 말하는 것이다. 그런 개념들을 이용해서 크리스테바는 주제를 텍스트의 결과로서 기호 표기와 무의식적 충동의 다른 놀이에 다시 도입함으로써 기호학을 정신 분석적으로 해석하고, 거짓 객관성의 기호학을 분명히 밝히고자 했다. 분명히 그의 연구는 기호의 정신 분석, 기호의 해체나 해방 같은 '기호 분석(sémanalyse)'[29]이라고 명명되고 있다.

이와 같은 텍스트 이론은 현대성의 극단으로 정평이 나 있는 시인들인 로트레아몽·루셀, 특히 말라르메에게만 적용될 수 있었다. 그런 이론으로 말라르메의 시-문장과, 예를 들면 〈주사위던지기는 결코 우연을 배재하지 않을 것이다〉의 '텍스트-구도'가 분석된다. 이론은 우연을 의미화 과정의 분명한 신조로 만든다. 그리고 주어진 의미는 결코 의미에 선행하고 의미를 초월하는 요행수를 만들어 내지 못할 것이다.[30] 그렇지만 말라르메가 그 페이지의 역이 성립하는 공간에서 형이상학적인 이야기의 단편을, 그 단어들 주변에 분산시키는 확실한 분할로 시의 도식적 배열을 통해 나타냈던 의미체에서 그런 명제를 정확하게 읽어야만 한다.

3. 구조적 모태와 의미 제한

작품을 통합하는 '독서-기술법'을 권장하는 메쇼닉이나 생성성에서 기술법을 이론화하는 크리스테바와 달리, 미국의 문체연구가이자 기호학자로 알려진 마이클 리파테르는 그의 시학을 독서로 확실하게 유도하고 있다. 리파테르에 의하면, 문학의 소통 행위는 메시지와 독자라는 두 요인만을 대치시킨다는 것이다. 사실 저자와 지시 대상은 원칙적으로 텍스트의 외부에 있고, 재현의 단계(미메시스)에만 개입할 뿐이다. 반면에 언어적 재현의 사회-문화적 총체의 의미에 정해진 코드는 텍스트에서만 은연중에 나타난다.

텍스트와 독자의 대면은 문학에서 의미에 대한 리파테르의 도전적인 주장의 시작이다. 재현적인 **의미 작용**(signification)은 언어와 문화의 토대 위에 텍스트 내적이고 텍스트 상호간의 **의미화 과정** (signifiance)으로 대체된다. 달리 말하자면 '수직적' 미메시스, 즉 단어에 의한 사물의 재현은 상투적 표현의 변형이나 속담의 변화, 다

른 텍스트의 인용에 의한 텍스트의 단어들과 문장들의 의미론적이
고 형식적인 상호 관계 같은 '수평적' 기호소(sèmiosis)보다 우위에
있게 된다. 리파테르는 기호소가 자신이 지향점으로 삼은 이상적인
독자에게 인지될 수 있도록 만들기 위해 독서의 두 단계, 즉 텍스트
의 선적이고 재현적인 도정과 소급적이고 구조적인 해독을 상관적
으로 구별하는 데 동의하고 있다.

리파테르는 여전히 시에 대해 자기 견해를 고수하고 있다. "시 텍
스트는 자족적이다. 외적 지시가 있다면 그것은 현실에 속하는 것이
아니라 그 반대이다. 다른 텍스트들에만 외적 지시가 있을 뿐이다."[31]
왜냐하면 의미화 과정의 측면에서 '텍스트의 생성'은 은폐되어 있
거나 현실화된 구조적 모체, 즉 단어-핵이나 기본적인 통사 구조, 최
소 문장으로 변이되어 이루어지기 때문이다. 결국 텍스트 시학의 문
제이다. 리파테르는 토도로프나 주네트처럼 작품을 초월하는 것이
아니라, 의미의 최종적인 통일과 의미화 과정의 특정 영역으로 간주
되는 텍스트에서 문학성을 찾으려고 한다. 이것은 그의 저서들이 구
체적인 여러 가지 예와 텍스트 분석으로 이루어져 있다는 것을 단
적으로 말해 주는 것이다.

삭제와 축적: 상투적 문구에서 의미화 과정으로

리파테르 방법의 관여성은 미셸 레리스의 짧막한 시 〈간질병〉의
발췌 부분과 같이 전체 텍스트의 분석[32]에서만 나타날 수 있다.

실물대로	충분히(잔뜩)
(각적과 사냥개로) 소란스럽게	불끈 쥔 주먹으로
전속력으로	돌이 갈라질 정도로 매섭게

철철 넘치게(가득히)   뜨거운 눈물로
날개짓으로   돛을 모두 올리고 마음속으로 기꺼이

속담이 된 이런 일련의 표현에서 동사의 의도적인 생략(소란스럽게 요구하다, 전속력으로 질주하다)은, 전치사 à+명사군의 부사구에 대한 체계적인 변화를 일으킨다. 반대운의 효과를 통해 à의 첫머리 말은 의미를 다른 말투에 가깝게 하고, 그 의미론적 공통된 요소, 즉 과격한 행위, 생체와 관능적인 충동을 '선별한다.' 전치사 à는 단독으로 정점·극단·최상성의 기호 표시가 된다. 그때부터 각 변이체는 전체 의미에 그런 뉘앙스를 가져온다. 예를 들면 첫번째 두 행에서 기마 수렵의 격렬함, 세번째 행에서 도취의 최고조 상태이다. 이렇게 텍스트는 언어학적 코드와 완성된 표현들의 자의성과 반대로 유연적인 하위 코드로 구성된다.

체계 개념

결국 의미화 과정의 이론들은 텍스트에 주관성을 재도입함으로써 삶이나 무의식, 독자의 유형에 속하는 독자적인 연구 대상처럼 텍스트의 정론을 허물게 됨에 따라서만 구조주의를 초월하게 된다. 이렇게 해서 이론들은 주체를 객체에 가두고, 실제로 텍스트 안에 구조주의적 유폐를 고수한다. 실제로 언어와 현실에서 자율적 체계 같은 시의 개념은 시의 모든 이론을 기저로 삼지만 점진적인 단계에 따른다. 그 개념은 시어에서 시로 전이되고, 시에서 그것의 생성 모체로 전이되면서 최선과 최악으로 급진적이 될 뿐이다.

5

장르의 이론:
이야기의 시학을 위하여

아리스토텔레스에서 헤겔에 이르기까지 수 세기 동안 문학 장르의 문제는 시학의 주요 대상이었다. 문학 이론의 부흥으로 한 세기 동안 개인과 특이한 작품들, 경험적 사실을 초월해서 전혀 아무것도 고려될 수 없었던 역사주의적이고 실증주의적인 접근을 위해 망각되었던 문제가 재발견되었던 것이다.[1] 그러는 동안 1970년대 제1의 대열에 롤랑 바르트가 속해 있던 의미화 과정의 이론가들(4장 참조)은 현대 문학에서 장르의 소멸을 인식하고, 그들 역시 **기술법**과 **독**서를 통해 의미와 운율, 즐거움의 공간으로 꾸며진 **텍스트**를 선택하기 위해 문학 영역의 유용성에 이론을 제기한다.

장르 문제의 편재성

그런 논쟁의 거부와 상관없이 문학 장르들은 텍스트 자체에 존재하지 않는다 하더라도(《운명론자 자크와 그의 스승》에서 저자는 '소설'을 쓰고 있다는 것을 계속 부인한다) 이론의 여지없이 대개 **유사**텍스트(paratexte)에 존재한다. 예를 들면 스카롱의 《희극의 소설》, 모파상의 《멧도요 이야기》, 말라르메의 《시집》과 같이 제목 자체가 총칭적인 지시를 내포하지 않을 때 소설 · 이야기 · 에세이 · 5막 비극이란 언급은 책의 표지나 간지에서 이루어진다.

결국 이론적 고찰에서 총칭적인 영역은 픽션에서 문학성의 유일한 기준(3장 참조)을 찾을 때 한 예로 인정되는 것이다. 픽션과 **이야기·드라마·시** 등과 같은 영역. 사실상 장르를 언급하지 않고 문학에 관한 일반론을 편다는 것은 불가능하다. 왜냐하면 장르들은 보편성과 문학의 관계를 분명히 설정하고 있기 때문이다. 장르라는 것은 추상적·변별적 특성의 집합인 동시에 순수한 것도 아니고 단순한 문학성도 아닌 구체적인 텍스트의 총체이다. 그때부터 시학의 모든 방향은 장르로 통한다.

모든 점에서 매개적인 규정은 문학의 보편성과 작품의 특이성, 역사적으로 규정할 수 없는 문화적 전통과 시간을 초월한 언어학적 전형, 기술법상의 제약과 독서의 제약 사이에서 장르를 규정짓는 것과 같다. 독서의 여러 가지 이론을 통한 사전의 우회적 방법으로 정확히 구체적인 범위에서 문학 장르들을 점진적으로 밝힐 수 있고, 일상 언어에 내린 뿌리와 역사적 가변성도 검토될 수 있을 것이다. 끝으로 여러 장르에 의해 이루어진 재편성을 깊이 연구하고, 구별을 없애는 텍스트 상호성의 보충적 개념이 언급될 것이다.

1. 독서의 시학

"우리가 읽지 않는다면 책이란 무엇일까? 그것은 종이를 여러 장 묶은 단순한 종이와 가죽 입방체이다. 그러나 우리가 그것을 읽으면 이상한 일이 일어나고, 매번 그것이 변한다고 생각한다. 헤라클레이토스는 말하길, 우리는 결코 같은 강물에서 두 번 목욕할 수 없다는 것이다. 왜냐하면 강물은 흐르기 때문이다. 그러나 가장 무서운 것은 우리가 강물보다 덜 유동적이지 않다는 사실이다. 우리가 한 권의 책을 읽을 때마다 책은 변하고, 단어들이 내포하고 있는 의미도 달라진다."[2] 여기서 아르헨티나의 작가 보르헤스(1899-1986)는 평소의 투명함과 신랄함으로 독서 행위의 근본적 특성을 제시하고 있다.

그렇다고 이렇게 특이한 독서의 무한한 다양성을 도입한다고 해서 시학의 이론적 목표가 재론될 여지가 없을까? 여기서 문학 이론이 결국 비평적 해설을 벗어나는 흐름에 빠질 우려가 없을까? 따라서 독서에서 시학의 영역에 속하는 것이 무엇인지 제대로 규정하는 것이 중요하다. 앞서 본 바와 같이(4장) 리파테르에 의하면, 독서는 텍스트라는 도구에 의해 계획이 짜여진다는 범위에서 설명의 자유를 제기하는 '분할'의 구조적 해독으로 이해되는 것이 중요하다. 실제로 독서의 시학은 텍스트가 어떻게 강요되고, 넓은 의미에서 어떤 방식으로 독서를 요구하며, 어떻게 독자에게 정해진 역할을 **부여하**는가를 이해하고자 한다. 이것이 간결한 방식으로 "독서는 텍스트의 일부를 이루고 그것에 새겨진다"[3]는 접근의 가정이다.

1. 독서와 다원적 의미

롤랑 바르트가 짤막한 고백서 《비평과 진실》에서 강조하고 있는 바와 같이 작품은 역사적 상황과 개인적 환경에 따라 늘 새로운 의미들이 채워지는 형식, 말하자면 본래 비어 있는 모호한 형식이다. 작품에서 이차적인 해석과 구조적 영속성의 구별은 문학에 대한 다른 두 가지 담론, 문학 비평과 문학 과학을 정당화시킨다. 전자는 모든 책임을 지고 한 가지 의미만을 목표로 하고, 후자는 의미의 다원성, 작품을 이해하기 쉬운 조건을 기술한다. 바르트가 출현 당시 이름붙인 바 있는 그런 학문이 바로 구조주의적인 해석에서 보면 시학 자체이다. 말하자면 저자 개인을 초월해서 인류의 문학 작품들에 관류하고 있는 '괄목할 만한 신화적 기술'을 설명하기 위해 생성 모델을 만들고자 한 담론의 언어학이다.[4]

다른 한편 바르트는 "어쩌면 욕망이라는 의미가 언어의 코드를 초월해서 설정될 것이기 때문에,"[5] 작품에 어떤 의미를 부여한다고 해서 아무도 말할 수 없는 조용한 독서를 기술법과 그 독단력을 거치는 비평에 대비시킨다. 바르트는 욕망의 침묵에 직면한 비평의 주관성의 위험을 있는 그대로 수용하면서 나중에 《S/Z》와 함께 안락과 문화, 고전주의로 형성된 '텍스트의 즐거움'을 정도를 벗어나 포착하기 어려운 세분된 '쾌락의 텍스트'에 대비시키면서까지[6] 독서이론의 방향을 전환시키고 있다.

2. 텍스트 안의 독자

문학의 미래 과학처럼 나타난 시학은 텍스트의 원래 미학적 효과(그것은 어떤 감정과 어떤 감동을 얻게 될까?)에 대한 관심에 직면하여 작품에서 가능한 다양한 해석을 유지하는 구조를 분명히 찾아내고, 독서에 의해 뒤따르게 되는 실현 과정을 전형화하려고 한다.

독서 모델과 텍스트의 전략들

앞에서 우리는 픽션의 관점에서 독자를 통해 가공적 세계의 구조를 고찰해 보았기에(3장 참조) 여기서 움베르토 에코가 주장하는 '텍스트의 활용론'을 재고할 필요가 있다. 그는 미국의 논리학자 찰스 샌더스 퍼스(1839-1914)가 기초를 마련한 기호론에서 착상하여 이야기 독자의 '해설적 협동'에서 자유롭게 상호 작용하는 텍스트 구성의 다른 여러 단계의 유연한 모델을 마련한다. 저자는 문화적·사회적·역사적 언어 능력의 차이에서 기인하는 '정상에서 벗어난 해석'의 위험에 직면해 규명할 수 없는 요인들(해석의 오류들)을 통합하면서 상대방(독자)의 움직임을 예견하고 통제하는 **텍스트의 전략**을 편다. 달리 표현하자면, 저자는 해설의 언어 능력이 텍스트의 창조를 주관하는 언어 능력에 부가될 수 있는 **독자 모델**을 예견할 뿐만 아니라 텍스트를 통해 그런 모델을 만들고자 한다.

이렇게 에코는 '표적인 된' 독자를 대상으로 하고, 해석을 목표로 삼는 '닫힌' 텍스트와 '비정상적인 해독'의 위험을 전략적으로 고려하며, 정확하게 판단하여 가능한 모든 해석들이 서로 강화되는 것을 목적으로 삼는 '열린' 텍스트를 구별하게 된다. 극단적인 예는 정확하게 거의 무한한 연상 능력을 부여받은 독자를 전제로 하는 조이스의 《피네건의 경야》이다. 경험에 의존하는 저자가 예견하는 **독자 모델** 앞에 다른 유령, 전략으로 텍스트에 각인된 다른 '행위자 역할'이 부각된다. 말하자면 텍스트에서만 나타나게 되는 의도에서 경험에 의존하는 독자에 의해 재구축된 **저자 모델**이다. 두 인물이 독자 모델도 아니고 저자 모델도 아님에도 불구하고, 서로 안면이 있는 알폰스 알레의 단편 《파리의 비극》에서, 실제로 에코는 독자가 항상 무엇인가 얻기를 바라는 서술적 텍스트의 규칙과 반대로 독자의 논리적 '워털루'[7]를 목격하게 된다.

문학적 효과, 또는 재해석된 수사학

프랑스의 시학자 미셸 샤를 역시 텍스트에 각인된 전략들과 독자의 '컨디션 조절'에 주의를 기울이면서 그 유효성을 통해 문학적 담론을 특징짓고자 했다.[8] 그렇지만 그런 유효성을 이론화하려면, 플라톤의 《이온》에서 탄생한 시학을 가로막는 **영감**의 자력에서 벗어나야 한다. 그것은 분명히 아리스토텔레스가 시를 객체로 취급하는 메타 언어인 **시학**을 일반적으로 담론과, 특히 시적 파롤의 **효과**를 제어할 수 있는 이론인 **수사학**에 근거를 두고 행하는 데 성공한 바 있는 사실이다. 그러므로 최근 발달된 시학에서 수사학으로 되돌아갈 필요가 있고, 더 정확히 말하자면 전통적으로 유혹 및 책략과 교묘히 피하는 방법을 밝혀내는 **독서의 기술**, 한 마디로 텍스트의 해석이 성공적으로 이루어지지 않고, 독자가 텍스트에 농락당하는 메커니즘에서 파롤을 통해 설득하는 기술로 정의되는 **수사학의 방향**을 수정할 필요가 있다.

쇄신된 수사학을 위해서는 책과 독자 사이에 일어나는 일이 책에 의해 탄생된 독자나 독자에 의해 구성된 책이라는 이원적이고 일의적인 관계 방식으로 이해되어서는 안 된다. 그와 반대로 의미의 약속과 기만의 긴장 속에서 '읽는 텍스트'를 역동적으로 설명하는 '독서 모델들'을 구축할 필요가 있다. 읽고 싶은 욕망을 불러일으키고, 결정 불능의 모델들의 특성을 통해 그런 욕망을 상실시키면서 텍스트는 정확하게 **읽고 싶은 욕망의 유지**라고 정의되는 **문학적 효과**를 낳는다. 리파테르의 경우보다 훨씬 더 여기서는 문학성을 메시지와 수신자의 관계로 다시 정의한다. 왜냐하면 독서는 '텍스트의 미래'이고, 상호적으로 공백과 틈이 생긴 텍스트는 여전히 스토리로 축적된 해석을 능가하는 나머지·여분, 예기치 않은 것이기 때문이다.

2. 장르읽기

그러므로 모든 점에서 독서는 대충 훑어보는 시선에 의해 활력을 되찾고, 독자의 경험(문학적 경험과 체험)에 의해 변화되는 대상 책의 '구체화'로 비친다. 문학의 발전에서 20세기에 재발견된 독자나 관객, 한 마디로 수신자의 역할은 결정적으로 아리스토텔레스가 비극을 다른 여러 가지 기준들 중에서 관객에게 미치는 정화 효과(카타르시스)로 정의했던 것처럼, 문학을 수신자들에게 미치는 특수한 효과로 정의하는 편이 정당해 보인다는 것이 판명되었다. 이러한 점이 미셸 샤를 특유의 반수사학적 관점에서의 입장이다. 또한 그것은 문학사를 수용의 미학뿐만 아니라, 모방이나 생산의 미학에 의거하여 문학사를 혁신시키고자 했던 '콘스탄츠학파'의 주동적 인물인 스위스의 비평가 한스 로베르 야우스의 입장이다.

1. 작품과 독자와의 대화

야우스는 〈문학사: 문학 이론에 대한 도전〉이라는 선동적인 제목의 소논문-프로그램에서 문학성을 문학의 효과와 동일시하고 있다. "이렇게 한 작품의 기대 지평을 원상 복구할 수 있다는 것 역시, 주어진 독자에 대한 그 효과의 본질과 강도의 변화에 따라서 작품을 예술 작품으로 정의할 수 있다는 것을 의미한다."[9]

기대 지평이란 무엇인가?

현상학으로 철학상의 문제를 탐구하는 새로운 방법의 토대를 마련했던 독일의 철학자 에드문트 후설(1859-1938)은 지각이 뚜렷이 드러나는 배경을 지적하기 위하여 '체험 지평'을 이야기한다. 그런 개념에 의거하여 야우스는 하나의 작품이 역사 속에 나타날 때, 기대 지평을 '객관적으로 표명될 수 있는 지시 체계'로 정의한다. 말하자면 작품은 형식이나 주제를 통해 이전의 작품들을 상기시키고, 독자가 장르에 대해 가지고 있는 이전의 경험을 자극하며, 순수한 문학의 지평을 초월해서 현실 세계 경험과의 비교를 나타내기도 한다. 여기서 문학은 의사 소통 모델로 이해되기 때문에, 장르는 추상적 정의의 형태로 나타나는 것이 아니라 암암리에 저자와 독자의 공모 형식, 독서 계약의 형태로 나타난다. 여기서 장르는 작품과 독자의 계속된 대화에 의해 재정의된 생성 지평에서 완성된다.

걸작들에 적합한 지평의 변화

작품의 미학적 가치는 직접적으로 작품이 요구하는 지평의 변화 (역시 후설에게서 빌려 온 개념), 다시 말해 작품의 첫 독자의 기대와 미지의 경험이나 새로운 형식 지평의 '미학적 차이'에 비례한다. 그런 차이는 작품이 출간되고 수용의 역사에 따른 독자의 반응과 비평적 판단으로 드러난다. 야우스는 1857년 저자에게 제기된 소송에도 불구하고, 《보바리 부인》의 출간이 페도의 《파니》의 화려한 대성공으로 왜 가려지게 되었는가를 설명하고 있다.[10] 그후 페도의 그 작품은 아주 잊혀졌다. 물론 두 소설은 모두 지방에서 일어난 불륜 사건을 다루면서 독자의 기대에 부응하였다. 그렇지만 페도는 기대되는 외설적인 장면들을 묘사하기 위하여 플로베르가 비개성적 서술을 창조하고, 자유 간접 화법의 모호한 용법을 통해 독자에게 등장 인물들을 판단하도록 배려함으로써 도덕적 '무감동'에 봉착하는 곳에 유행의 분위기를 묘사하면서 고백투의 쉬운 문체를 사용하였다. 분명히 차츰 그 작품을 소설사에서 결정적인 전기를 마련한 작품으로 나타나게 만들었던 것은 지평의 변화이다. 《보바리 부인》은 확립된 도덕에 대한 독자의 태도를 바꿈으로써, 확실히 단순한 기분풀이를 넘어서는 위대한 문학의 '사회적 창조 기능'의 본보기가 되는 좋은 예가 된다.

결국 보잘것 없는 작품과 마찬가지로 흔히 문학적 장면에 은폐되는 작품들의 역할을 평범한 독자, 훌륭한 독자에게 되돌려 줌으로써 야우스는 작품과 그 맥락, 독자 사이에 시간이 흐름에 따라 나뉘게 되는 질문과 응답의 해석학(해석의 기술)으로 이해된 역동적인 문학사에 길을 열었다. 그는 장르와 형식의 변화를 주의 깊게 탐색하면서 역사적 시학에도 길을 열었다.

2. 독서에서 구축된 장르

콘스탄츠학파의 독특한 역사적 계획에 나타난 독서 계약의 이념 역시 분명한 장르를 보다 이론적으로 정의하는 데 도움이 될 수 있다. 그러나 장르의 문제가 되는 이야기는 항상 다시 나타나게 된다. 왜냐하면 장르들은 시간과 별개로 분석될 수 있는 특이한 작품을 기존의 작품들의 과거와 연결시키기 때문이다.

독자의 망설임에 의한 환상적인 것의 정의

츠베탕 토도로프는 초기 저서 가운데 하나[11]에서, 독자의 관점에서 거의 전적으로 시학의 제약을 배제하지 않고 환상적인 것이 구축하는 '점점 소멸되는 장르'를 다시 정의하기에 이른다. 그는 환상적인 것의 주된 조건으로 이야기된 당혹스러운 사실의 자연스러운 설명과 초자연적인 설명 사이에 무언의 독자(상대 화자)의 **망설임**을 인정한다. 환상적인 **모호함**은 창작의 관점에서 보면 여전히 공포감을 느끼게 하고, 거의 이해할 수 없는 사건을 예고하는 초자연적인 것의 징후의 점진적인 단계에 의해 확고해질 수 있다. 이렇게 메리메의 《일르의 비너스》에서 **점증적으로** 배열된 많은 상세한 것들은 자연스러운 가정(바스크 여행자의 복수)이 형식적으로 이전에 배제되거나 화자-증인이 가정이 변하거나 고동치는 것을 보지 못하고, '마치 ~인 것처럼' 같은 방식으로 로마 여신의 청동 조각상이 살아 있으며, 젊은 남편을 천리에 어긋나는 포옹으로 죽임으로써 본의 아니게 그의 모욕을 복수했다고 생각하게 만든다.

거의 순수한 그런 예에도 불구하고, 늘 개연적인 해석을 유지할 필요성 때문에 결국 모호함이 합리적인 설명이나 초자연적인 것의 동의로 해결됨에 따라 환상적인 것을 **이상하고-환상적인 것**과 **경이롭고-환상적인 것** 사이에 분명치 않고 특히 불완전한 장르가 형성된다. 실제로 우리는 환상적인 것의 다른 한편에서 몇몇 탐정 소설에서처럼 합리적인 해결책을 내놓음으로써, 염려되는 결과를 겨냥하는 **이상한 것**과 초자연적인 것(말하는 늑대, 하늘을 나는 융단)을 정상적인 것처럼 당장 그려내는 **경이적인 것**을 순수하다고 생각한다. 결국 장르의 역사성을 다시 찾아낸 토도로프는 환상적인 것이 19세기에 황금기를 맞았다고 설명한다. 왜냐하면 환상적인 것을 특징짓는 현실의 위반은 현실이란 것이 무엇인지 알게 되었다고 생각하는 시기에만 가능하기 때문이다.

자서전의 규약

더 명백하게 말하자면 필리프 르죈은 독자와 함께 저자에 의해 결정된 '자서전 규약'의 조건들의 대조·조사에서 계약의 법률적인 비유에 의존한다.[12] 그는 신중하게 검토된 각 용어가 중요성을 갖는다는 간결한 형식으로 자서전의 정의를 하기에 이른다. 말하자면 그것은 "실재 인물이 개인적 삶, 특히 개성의 스토리를 강조할 때 자신을 실존하게 만드는 산문으로 된 회고적인 이야기이다."

우선 저자와 화자·주인공 사이에 엄격한 동일성이 요구된다. 그런 동일성은 작품 안에서, 또한 《장 자크 루소의 고백록》 같은 제목에서 저자가 고유 명사를 사용하는 것으로 명백히 드러나야만 한다. 다른 조건은 저자가 사생활을 뒤돌아보는 일기와 달리 공식적인 고백의 투명성으로 자기 자신에 대해 진실을 말할 것을 약속하는 것이다. 그러므로 텍스트는 독자에게 전기 작가의 외적인 검증을 무시하고 저자 자신에 대한 믿음을 강요한다. 그것은 자서전이 자기 자신으로부터 기존의 모델 없이 작업하는 소설가와 같이 일관성 있고 의미 심장한 인물을 만들어 낼 수밖에 없다는 것을 의미한다.

환상적인 것의 경우에서와 마찬가지로 순수한 요구로서 그런 정의는 항상 장르를 더 멀어지게 만드는 것 같다. 지드의 《한 알의 밀이 죽지 않는다면》과 사르트르의 《말들》, 레리스의 《경기의 규칙들》 등과 같이 《고백록》에 가까운 것을 제외하고 20세기에 장르의 존재를 축소시키고 있다. 이렇게 한정된 자서전은 그때부터 현대에 적합한 장르 중의 하나처럼, 레리스의 비유에 의하면 현실적으로 뾰족한 뿔과 마주해 있는 투우사와 같이 작가를 위험한 훈련에 빠뜨리는 어렵고 관례적인 그런 장르처럼 나타난다. 문학이 단순한 놀이가 아니라는 것을 벗어나려면 노골적으로 책에 목숨을 걸 필요가 있다. 예를 들면 소설 속에 그들의 이름과 글쓰기의 상황, 조국이나 사회의 '배반자'로서 겪은 경험을 담을 정도로 셀린이나 주네트 같은 20세기의 소설가들을 자서전에 접근시켰던 것이다.

3. 역사와 이론 사이에 장르의 발달

독서 행위에 장르가 나타나는 것을 고찰해 보면, 역사적이고 체계적인 그 이중적 본질을 고려하여 장르의 개념에 제기되는 이론적인 주요 문제들에 접근할 수 있다. 그렇지만 그런 문제들에 직접 접근하기 전에 언어학적인 기원, 즉 언어의 다른 형식에 장르가 나타내는 바를 고찰해 보는 것으로 출발해야 할 것이다.

1. 장르의 기원

수사학에서 담론의 장르로

앞에서 살펴본 독자의 불명확한 해석이나 저자의 진지함에서 독자의 믿음을 통한 장르의 여러 가지 정의는, 대상이 된 대중과 추구된 효과를 통해 수사학적 기준에 의한 장르 분류의 고전적인 전통을 되찾는다. 아롱 키베다 바르가는 고전주의 시대의 문학 장르(비극·서정시)에 고대의 수사학 장르(자문·재판·설득 방식)[13]를 계승한 형식이 존재한다는 것을 밝힐 수 있었다. 특히 장르의 이론에 비친 수사학의 공공연한 기여는 고전적으로 베르길리우스 작품(《아이네이스》·《농경시》·《전원시》)으로 설명되고, 고대 말기부터 장르의 도덕적이면서 사회적인 계급을 정의하는 형식적이면서 주제와 관련된 세 '유형'(상·중·하)의 이론에 내재해 있다.

바흐친[14]이나 그 이후 토도로프[15]의 관점은 더 폭이 넓고 고대 수사학에서 인정된 부분을 초월한다. 인간의 담론은 그것을 내포하고 있는 사회적으로 규정된 의사 소통의 여러 상황에 따라 변하는 제한의 다양한 구어와 문어 장르(회화·말장난·편지·기도)로 분류될 수 있다. 그때부터 장르의 언어학적 기원과 복합적인 구성을 제대로 파악하기 위해서 부차적인 구성으로 간주된 문학 장르들을 담론의 단순한 장르의 무한한 **연속체**에 정착시켜야만 했다.

단순한 형식들

특히 독일의 예술가이자 문학가인 앙드레 욜레스(1874-1946)는, **형태론**이나 괴테가 토대를 마련한 생물의 형태에 관한 연구를 언어에 적용함으로써 연구를 발전시켰다. 여기서 형식(게슈탈트)은 탄생과 성장을 지배하는 생물의 신체 일부의 변함없는 조직으로 이해된다. 시학의 기원부터 아리스토텔레스는 자연주의자로서 비극의 부분 부분을 생명체의 일부로 설명할 수 없었을까? 욜레스는 시학과 민족지학의 합류점에서 기이한 작품들과 체계화된 장르들을 역동적이고 언어와 구별되는 작업에 정착시키고자 한다. 그런 작업은 '복잡한 형태'의 이전 단계에 전설·무훈시·신화·수수께끼, 속담식의 어법, 양심의 문제, 기억할 만한 것, 기지넘치는 언행[16]과 같이 이미 예술적이지만 비개성적인 한정된 수의 **단순한 형식들**에서 구체화된다.

전설, 성인전에서 스포츠평으로

그런 조사는 체계적이고 예상된 이론의 영역이 아니라 유럽 문화와 전혀 다른 텍스트의 독서에서 직접 착수된다. 이렇게 본보기가 되는 미덕을 영웅에게서 찾아내고자 하는 전설은, 고대의 성공적인 오드(서정 단시)와 예상 밖으로 근대의 스포츠 저널리즘에서와 마찬가지로 중세 시대에 아주 높이 평가된 바 있는 '성인전'에서 구체화된다. 다시 말해 종교적 기적과 비교될 수 있는 기록('회상한다'는 의미의 라틴어 'recordari')은 승리자에게 구현된 불가능한 것을 나타낸다. 제자리로 돌아간 승리의 기념품(우승컵·기념 메달)은 추억의 물건이라는 가치를 갖는다. 스포츠 자체는 국가의 권력을 집중시키는 하나의 모델로 변형된다.

기억할 만한 것에 대한 정신적 태도

단순한 형식은 각기 언어에서 지배적인 '정신적 태도', 세계에 직면한 정신의 어떤 자세를 나타낸다. 이렇게 전설은 중세인의 특징인 어떤 모델을 **모방**하는 정신적 자세에 이끌리는 데 반해 기억할 만한 것은 근대인의 특징인 **유효성**의 정신적 태도에 의해 좌우된다. 그런 단순한 형식은 크세노폰의 《기억할 만한 일들》에서 그 명칭을 찾을 수 있다. 거기서 소크라테스의 모습은 저자의 기억 속에 각인되어 있는 분명한 사건들에서 자유롭게 도출된다. 사건을 '명확하게' 만드는 구체적이고 상세한 것들의 '배열하기'를 통해 유효한 것은 믿을 만한 것이어서, 현대인이 그 사건을 다르게 이해한다는 것은 있을 수 없는 일처럼 보이고, 단편 소설이나 장편 소설과 같이 '복잡한 형식들'은 허구를 구체화하기 위하여 기억할 만한 것들을 사용한다. 세계의 특별한 비전을 모두 명확히 규명하는 단순한 형식들은 구체화되고 결합됨으로써 문학 장르의 기원에 속한다.

2. 장르의 역사적 체계

우리가 선험적으로 환상적인 것이나 자서전의 제한적인 정의에서 장르를 확인할 수 있었던 것처럼 결코 단 하나의 장르만이 존재하는 것은 아니다. 장르는 이상한 것과 경이로운 것 사이에 환상적인 것, 사건의 연대기적인 동질적 연속의 픽션과 전기 사이에 자서전이 존재하는 다른 장르들과의 경계에 의해서만 성격이 규정될 수 있다. 변증법적으로 장르들은 현존하지 않는 것, 즉 그것을 반박, 보충하는 다른 장르들을 통해 정의된다. 장르들은 주어진 시기, 다시 말해 장르들의 역사적 체계 속에서 장르 전체가 형성하는 조직화된 전체 속에서만 유효성을 갖는다.

공시성과 통시성

이 체계는 대륙 이동처럼 자주 느껴지지 않지만 때로 갑작스러운 변화에 따라 끝없이 변화되는 한 역사적이다. 그때부터 장르들은 언어학에서 통용되는 보완적인 두 가지 접근에 속한다. 연속되는 역사 속에서 단절에 의한 공시적인 접근은 과거의 재해석과 고전주의 시학에서 서사시와 같이 삶에서 인위적으로 유지되는 장르를 포함해서 체계의 주어진 상태를 이끌어 낸다. 통시적인 접근은 하나의 장르 변화, 즉 오랜 역사(소설)나 일시적 특성(17세기의 전원극), 불연속성(소멸 직전의 그리스 비극, 그리고 엘리자베스 시대와 고전주의 시대의 비극)을 강조하고자 한다. 그렇지만 시학은 그것이 구조적인 것이 아니라 하더라도, 문학의 구조화된 역사 가능성의 근거를 제공하는 한 로만 야콥슨이 강조하는 바와 같이 공시적인 접근을 우선으로 삼는다. "역사적 시학은 바로 언어의 역사처럼 그것이 실제로 포괄적이기를 바란다 할지라도, 일련의 연속적인 공시적 기술로 구축된 상부 구조로 이해되어야만 한다."[17]

장르들은 변화 법칙을 따를까?

언어학에서 영감을 얻은 러시아 형식주의자들은 최초로 장르의 역사적 체계를 밝힌 사람들이다.[18] 그런데 문학의 발달에 대한 그들의 이해는 기억하고 있는 바와 같이 통상적으로 새로운 것의 단계적 추이와 인식의 방법을 일신하는 기계적인 필연성에 근거하고 있다.(4장 참조) 토마체프스키[19]에 의하면, 그런 결정적인 훼손이 따라서 장르들은 원본 작품들에 의해 잉태되거나, 모방을 통해 전통을 구축하거나 혹은 해체되거나 "새로운 작품의 통상적인 결합을 통해 기존 장르"의 명맥을 이을 뿐이다.

그렇지만 토마체프스키는 그런 수많은 변화 속에서 아주 일반적인 법칙을 찾아내는 것이 가능하다고 믿고 있다. "일반적인 장르에 의한 고상한 장르들의 지속적인 대체는 장르의 계승 과정에 속한다." 일반적인 장르의 결정은 두 가지 방법을 차용한다. 오랜 시련을 겪은 뒤의 18세기 서사시와 같이 발달된 장르들은 사라졌거나(그것들이 되살아났다는 것을 배제하지 않은 점) 도중에 희극적 가치를 상실한 일반적인, 게다가 문학적이지 못한 방법에 영향을 받는다. '창작의 노출'에 의존하는 소설은 무엇보다도 먼저 《트리스트럼 샌디》에서 희극적 효과와 《사전꾼들》에서 진지하면서 반성적이기도 한 가치를 지니는 글쓰기의 장으로 들어온다. 초현실주의 시에 구호가 들어가고, 현대 소설에 인터뷰가 삽입되며, 대중 상송이 점진적으로 시의 대열로 들어오게 된 것은, 다른 한편으로 18세기부터 희극 장르와 시 장르에서 작시법이 점점 사라진 것처럼 경험만으로써 그런 규칙을 확인시켜 주는 것 같다.

3. 불변의 유형들과 변화의 장르들

단순성과 역사적 확장 때문에 끌리는 그런 변화의 법칙은 장르들을 단순히 역사적이고 일시적이 되도록 만드는 것 같다. 물론 세 유형의 신분이 있던 중세의 학설과 마찬가지로 아리스토텔레스에게서도 발견되는 귀족과 평민의 기준은 당시 사회와 관련되어 있다. 그렇지만 전통에서 수동적으로 물려받은 장르는 무엇보다도 텍스트의 분류이다. 그래서 모든 분류는 이미 추상적인 것이고, 그 특성을 정의한다는 것은 이론적 방식에 속한다. 장르들에 관한 담론이 역사적 사실을 존중한다 하더라도 실제로 그것은 여전히 재구성되는 것이다.

이론적 장르와 역사적 장르

츠베탕 토도로프[20]는 방법을 배려하여 관점을 바꾼다. 말하자면 하나의 장르는 확실히 사회적 기능을 다하는 역사적 현상이지만, 또한 문학의 내적 기준에 의해 정의될 수 있는 구조적 본질이다. 비평에 사용되고 남용되고 있는 용어들을 정의하는 것이 시학의 첫번째 임무이다. 두번째 임무는 분류의 새로운 원칙을 제시하는 데 있다. 토도로프는 연역적 방법(정의하는 기준의 추상적 가설로 출발해서 가능한 모든 결합을 고찰해야만 하는 방법)에 속하는 **이론적 장르들**과 귀납적 방법(작품이라는 자료체의 고찰을 통해 한 시대의 문학적 이상을 형성하는 방법)[21]에 속하는 **역사적 장르들**을 명확하게 비교하고 있다. 또한 이상적인 **유형들**과 엄밀한 의미의 **장르들**에 대해 이야기하면서도 그는 유형들이 결국 시간 속에서 형성된다는 것을 인식한다. 왜냐하면 그 유형들이 장르들의 역사적 체계의 영역 자체를 정의하기 때문이다. 결국 장르들은 역사를 벗어날 수 없을 것이다. 그러나 시학은 이론적 자율성이나 더 정확히 말하자면 다루어지는 영역을 지킬 수 있어야 한다. 그것이 바로 토도로프가 구별하는 데 목표로 삼고 있는 모든 것이다.

서정시-서사시-극의 세 유형: 재해석의 역사

일반적으로 유형들(예를 들면 극)은 시대적으로나 국가·주제에 따른 하위 장르(라틴 희극·풍속 희극)로 분리될 수 있는 장르들(비극·희극)을 포괄하는 가장 폭넓고 수적으로 가장 적게 분류되는 것이다. 가장 널리 알려진 보편적인 두 개의 유형학은 한편으로 오랫동안 시와 웅변의 대조와 일치되었던 운문과 산문의 형식적인 대조이고, 또 한편으로 시학의 역사에 따라 수많은 해석과 공론을 야기시켰던 서정시·서사시·극이라는 '시의 본질적인 형식'(괴테)으로 잘 알려진 세 유형이다.

사람들이 회고적으로 세 가지 분류를 정당화시키고자 하면서 쓰고 있는 바와 같이, 세심하고 폭넓은 연구를 통해 제라르 주네트는 그런 분류가 플라톤과 아리스토텔레스에게는 전혀 존재하지 않는다는 것을 밝힌 바 있다.[22] 후자의 작품에서 **디에제시스**(순수한 이야기), **미메시스**(대화체의 모방) 같은 **언술 행위 방식들**이 구별되고 플라톤의 작품에서 이야기와 대화(호메로스에 의해 예증된)의 혼합이 발견될 뿐이다. 반면에 아리스토텔레스의 작품에서 서술적 **미메시스**(당연히 혼합된)는 단지 연극의 **미메시스**와 대립된다. 재현적이지 않은 시가 서정시의 영역에서 그런 분야에 통합되고, 그런 혼합식의 세 유형이 고대인들에게 전가됨으로써 장르의 용어로 설명되기 시작한 것은 18세기이다.

그때부터 해설과 정당화가 이루어진다. 독일의 낭만주의자 프리드리히 슐레겔은 그 세 영역을 서정시=주관적, 극시=객관적, 서사시=주관-객관적이라는 철학적 장르로 재해석하고 있다. 위고는 《크롬웰》의 서문에서 세 장르를 원시인의 서정적 노래, 초기 민중들의 고대 서사시, "그로테스크와 숭고를 같은 숨결로 융합시키고 있는" 그리스도교 연극과 같은 인류의 세 시기와 동일시하고 있다. 특히 헤겔에서 야콥슨에 이르기까지 세 유형은 시간적 영역과 연관되어 있었다. 일반적으로 서정시는 현재와 연관되어 있고, 서사시는 과거와 늘 문제를 제기하는 미래와 연관되어 있다. 로만 야콥슨은 언어의 6가지 기능을 나타내는 도식을 이용해 1인칭에 서정시, 2인칭에 극시, 3인칭에 서사시를 결합시키는 문법적 해석을 강조하였다.

세 유형을 바꾸어야만 할까?

그런 체계화에서 두드러지는 총칭적인 세 영역(서술적, 극적이라는 언술의 두 가지 방식과 서정적 '나'의 표현과 같은 주어)의 불균형에 앞서 케테 함부르거는 보다시피 그것을 픽션(극이나 서사시)과 논픽션(서정시)이라는 두 영역으로 축소코자 한다. 그와 반대로 몇몇 학자들은 네번째 최상의 간청, 즉 세 유형에서 벗어나 있는 모든 것이 재발견되는 현대의 이야기 장르 '에세이'를 유효 적절하게 대신할 교훈적 작품을 부가할 것을 제안하기도 했다.

캐나다의 시학자 노스롭 프라이는 어렵게 세 유형과 운문-산문의 형식적 대립을 '재현의 방식'[23)]에 따라 작품을 분류하여 결합시키고자 한다. 관객들 앞에서 재현된 시는 극이고, 청취자 앞에서 낭독된 시는 서사시이며, 대중에게 등돌리고 혼자서 노래하거나 읊조린 시는 서정시이다. 끝으로 허구의 산문은 조용히 읽히도록 되어 있다. 곰곰이 생각해 보면 그런 실제적인 분류는 그것이 구어와 문어, 즉 저자와 인물들 사이에 파롤의 배열만큼 중요성을 지니는, 언어학적 사실의 본질적인 분류를 강조함에 따라 나타나듯이 그렇게 피상적이고 잉여적인 것은 아니다.

상위 장르와 상위 텍스트

역사적인 것에 초점을 맞추어 주네트는 자기 입장에서 일반적인 모든 영역과 특히 세 유형을 '상위 장르'라고 부를 것을 권고한다. 토도로프가 단정하고 있는 것, 즉 "모든 종류와 하위 장르, 장르, 상위 장르는 역사적 자료의 관찰이나 마지막에 그런 자료에서 연역으로 설정된 경험적인 분류라는 것"[24]과 정반대로 이상적인 유형이 존재하지 않기 때문이다. 그의 말을 믿는다면 역사적 장르를 일의적인 방식으로 이론적 장르에 포함시키고 장르와 상위 장르의 피라미드 구조를 설정하기보다는, 오히려 논리적으로 장르 이전의 **기준들을** **검증하는** 세 차원의 아리스토텔레스식 도식의 결합 원칙으로 되돌아가는 편이 낫다. 아리스토텔레스는 비극과 희극·서사시를 자연주의적으로 정의하기 위하여 방식(서술적/극적), 주제(상/하), 언어학적 재료의 형식(운문/산문, 짧음/긺)의 기준들을 결합시키고 있다.

실제로 길다는 형식적 기준은 《시학》에서 비극을 정의하고(7장) 그것을 서사시와 비교하기(24장) 위해서도 사용되었다. 그점에 관해서 러시아 형식주의자 티니아노프는 "장르들이 **부차적인 특질,** 대체로 여러 가지 차원에 의해 명명되는 경향이 있다"고 지적하고 있

다. "이야기와 단편 소설, 장편 소설의 명칭은 인쇄된 페이지수에 일
치한다. 산문시의 출현 이후, 특히 시가 서술적이 되자 짧음의 기준
이 현대시 정의에 결정적인 것이 되었다. 그런 기준의 통합은 일차
원적인 방식으로 '주요 음절'과 러시아 형식주의자들처럼 '부차적
인 특질'을 계층화하지 않는 아리스토텔레스적인 기준(방식·주
제·형식)의 '입방체'적인 이론적 유연성의 예가 된다. 그리고 그런
입방체는 항상 새로운 요인들, 게다가 새로운 차원들로 채워질 수
있다.

　이렇게 경향에 따라서 시학은 아직 미지의 땅이 있는 나라처럼,
다시 말해 아직도 장르의 역사가 완성되지 않은 공백 상태로 있는
멘델레예프, 이른바 토도로프의 도식처럼 문학의 장을 구축할 수 있
다. 같은 예를 통해 주네트는 시학의 대상을 다시 명명하여 명확히
밝히고 있다. 그것은 상위 텍스트(architexte), 즉 텍스트가 속해 있
는 담론의 다른 영역이다. 그 영역은 바로 여러 가지 방식(서술학은
서술 방식의 이론이다)과 형식(운율학은 운문의 이론이다), 주제 그리
고 더 복합적인 차원의 장르·문채(文彩)·(저자들을 초월하는) 문체
이다.

4. 장르 고찰의 최종 단계, 텍스트 상호성

　언어학의 형식을 통해 주네트가 만든 상위 텍스트란 말은, 직접
적으로 여러 텍스트들 사이에 생긴 유사함이나 의미 전환의 특별
한 관계처럼 다른 텍스트에 하나의 텍스트가 분명하게 드러나거나
함축적으로 현존하고 있다고 정의할 수 있는 텍스트 상호성(inter-

textualité)이라는 최근의 개념을 가리킨다. 여러 장르 역시 단일 작품과 과거의 여러 작품들을 비교해 보는 데 제격이므로, 텍스트 상호성을 장르 고찰의 최종 단계로 간주하는 것이 적절한 듯싶다. 왜냐하면 텍스트 상호성은 장르들이 만들어 놓은 도식적 분류를 완성하거나 고치거나 미묘한 변화를 주기 때문이다.

이때 현대의 비평 담론에서 자유로워진 용법이 종종 본래의 의미를 퇴색시키는 시학에서 잉태된 최후의 영역, 텍스트 상호성을 명확히 구분하는 일이 남게 된다. 줄리아 크리스테바가 1968년 텍스트 상호성이란 말과 개념을 처음 사용했던 것은 서양에 알려지지 않은 미하일 바흐친의 소설 이론을 프랑스에 소개하면서부터이다. 그러므로 그런 역사적인 전례 때문에 그 개념이 지니는 의미를 크리스테바의 저서에서 고찰해 보기 전에, 바흐친의 시학에서 통용되는 개념들과 주네트가 그에게 따르도록 강요했던 일반화를 검토해 볼 필요가 있다.

1. 소설에서의 다언어 사용과 대화체 사용

바흐친의 사회 역사 시학은 장르의 문제에 깊이 정착되어 있다. 왜냐하면 그는 소설이 구성하고 있는 다양한 형식과 잡다한 장르를 가능한한 완전하게 특징짓고, 서양 전통에서 느리고 억제할 수 없는 진보를 조명해 보는 것을 주임무로 삼았기 때문이다. 그에 의하면, 소설적 산문은 중심에 집중된 문학 언어에 속하는 체계화되고 공식적인 시학 장르의 문체론적 영역에서 벗어나 있다. 사실상 소설의 문제는 문체들의 집합이고, 사회적 방언과 개인의 목소리가 교묘하게 조합된 '다음(多音)'이며 이데올로기적인 내용으로 채워진 언어의 다양성이다.

　이렇게 소설의 담론은 장터 막사의 연예대에서 공용어를 비웃는 중세 곡예사의 사육제에 어울리는 다양한 파롤의 예에 따라서[25] **다언어 사용**과 **다모음 체계**로 특징지어진다. 다른 언술의 갑작스러운 출현이 있을 수 없는 상태로 내면에 갇혀 있는 저자의 독백처럼, 작품의 개념과 상반되는 소설은 목소리와 복수 언어로 내면화된 대화나 바흐친의 용어로 모든 언어 사회 계층에서 **대화체로 된** 대화처럼 보인다.

다언어 사용의 네 가지 형식

　만약 소설 장르가 '언어로의 대화,' 다시 말해 장르와 직업, 사회 계층의 언어들에 고유한 세계에 대한 비전의 대화를 통한 대면으로 정의된다면, 다언어 사용으로 구성의 다양한 형식들은 차례로 인지된다. 바흐친이 중요하게 구별하고 있는 첫번째 형식은 라블레와 세르반테스의 소설을 계승하는 영국의 해학이 있는 소설의 형식이다. 예를 들면 같은 언술에서 두 가지 문체, 두 가지 사회학적 관점을 혼합하는 '잡종적 구조들'은 타자나 여론에 의해 은폐된 담론을 저자의 합법적인 담론에 도입하는 '거짓 객관적 유연성'의 형식에 많이 있다. 예를 들면 디킨스의 문장: "타이트 버니클 씨는 입이 몹시 무거운 사람이다. 그러므로 신중한 사람이다." 저자의 의도는 타자에 의해 객관화된 언어로 '왜곡된다.'

　다언어 사용 구성의 두번째 형식은 저자가 자기 관점에서 가지는 다양한 거리처럼 화자의 목소리와 시점에 기인한다. 공인된 문학 언어를 토대로 배경에 의해 분명해진 화자-인물의 제한되고 양식화된 지각 작용은 대화체로 볼 때, '외국어에서의 타자의 담론'처럼 나타난다. 유일한 언어에서 탈피한 저자는 **"자기를 위해 타자의 언어로, 타자를 위해 자기 언어로 말할"**[26] 수 있다.

세번째 형식은 분명히 소설에서 다언어 사용의 근간이다. 등장 인물들의 파롤은 거의 늘 낯선 말과 그들의 주변에 '특별한 영역'과 '목소리의 영향력에 비례하는' 영역을 구축하는, 간접적으로 제안하는 저자의 담론을 수용하도록 만들기 위해 직접적인 대화의 한계를 넘어선다.

네번째 형식은 소설과 현실의 관계를 결합시키고 소설을 제2단계의 장르로 만드는 삽입 장르와 관련이 있다. 삽입될 수 있는 장르들, 즉 문학(시·소희극)이나 문학 이외(풍습 연구, 법률 텍스트), 모든 소설(고백, 내면 일기, 편지)을 구성하는 장르의 문제이다.

이런 네 가지 주요 형식에서 다언어 사용은 독자적인 언어의 척도로 삼지 않고, 타자의 담론을 고유한 언어에 도입함으로써 **상대적 가치만 인정되어 객관화되는** 언어학적 의식을 나타낸다. 그 예로 귀족의 과장된 말투, 상인의 대화, 농부의 방언, 사교계의 수다, 그리고 하인들의 이야기를 들 수 있다. 이렇게 부가된 담론은 **이중 음성**이다. 그런 담론은 대화 관계에서 두 목소리, 즉 직접적으로는 등장 인물의 목소리로 들리고 굴절되면 저자의 목소리로 들리게 된다. 여기에 소설적 대화체의 원천이 되는 내면적이고 잠재적인 대화가 존재한다. 소설적 담론은 직접 시처럼 언어의 통일과 의도의 순수성에서 대상을 파악하는 것이 아니라, 고유한 억양이 있는 타자의 담론과 기존의 장르에서 간접적으로 대상을 파악한다.

2. 텍스트 상호성에서 초텍스트성으로

크리스테바는 사회 영역의 다양성을 언어학적으로 구성하는 소설의 다음(多音)에 대해 "모든 텍스트는 인용을 모자이크하듯이 구성되고, 다른 텍스트의 결합이자 변형이라는 생각을 고수하고 있다. 텍스트 상호성의 개념은 상호 주관성의 개념으로 귀착된다"[27]라고 말한다. 일반적으로 소설과 문학의 '텍스트 공간,' 즉 이야기를 소멸시키는 동시성, 통시성을 약화시키는 공시성에 모든 것이 언어의 상태로 존재한다는 것이다. 그런 텍스트의 세계에서 확인된 근원들을 유형별로 나누는 것이 중요한 것이 아니라, 문학을 영향력 있는 영역처럼 만드는 간섭을 느끼는 것이 중요하다.

제2단계 문학과 하이퍼 텍스트성

문학이 텍스트의 대화와 과거 작품의 모방·전환·변형을 통해 내적인 역학 관계에서 완성된다거나 이탈로 칼비노가 단언하듯이 작가들이 그들의 책이 다른 책들 사이에 낄 수 있는가를 보고, 미래 독자의 '가설적 단계'[28]에서 다른 책들을 앞서거나 뒤서게 만들기 위하여 쓴다는 관념은 바흐친과 크리스테바의 개념과 더 일반적으로는 장르의 이론에서 연유한다.

제라르 주네트는 문학사를 교환 공간이나 상상의 도서관으로 전이시키는 근대적 관점에서 중세의 '팔랭프세스트(씌어 있던 글자를 지우고 그 위에 다시 글자를 쓴 양피지),' 즉 고대의 텍스트(주네트의 어휘로 하위 텍스트)가 종종 새로운 텍스트(상위 텍스트)[29]로 쉽게 다시 해독될 수 있게 긁어내고, 다시 씌어진 원고와 같은 방식으로 작품들 사이에 전편을 연결시키는 다시 쓰기의 관계를 강조함으로써 '제2단계의 문학' 연구에 기여하였다. 그는 체계적으로 정리하기 위해 단순한 **변형**과 더 복합적인 **모방**을 구별하고 있다. 변형은 주제를 바꾸지 않고(《오디세이아》에 비해 조이스의 《율리시스》) 문체나 상위 텍스트의 어떤 요소를 바꾸는 것이고, 모방은 문체를 바꾸지 않고(《오디세이아》에 비해 《아이네이스》) 주제를 바꾸는 것이다.

시학이란 무엇인가?(잠정적 결론)

주네트는 책 서두에서 연구 목적을 다시 밝히기 위해 분류를 분명히 하려는 의도에서 시학을 이용하고 있다. 그는 먼저 시학을 '문학 형식의 일반론'(《문채 Ⅲ》)으로 정의하고, 그 다음 상위 텍스트(《상위 텍스트 입문》)의 연구로 정의하기 위해 현재 시학에 더 광범위하면서도 한정된 목적을 부여한다. 그것은 바로 텍스트가 다른 텍스트들과 유지하고——드러나거나 은폐되어——있는, 여러 가지 다른 관계 유형을 포괄하는 **초텍스트성** 또는 '텍스트의 텍스트적 초월'이다. 그는 증가하는 추상 질서에서 똑같은 양상의 문학성을 구축하고 있는 주된 초텍스트적 관계를 5가지로 구분하고 있다.

—— **텍스트 상호성**: 다른 텍스트(인용·표절·암시)에 하나의 텍스트가 실제로 존재하거나 함축적으로 존재하는 것.

—— **첨가 텍스트성**: 엄밀한 의미로 작품이라는 텍스트의 주변과 옆에 작품을 둘러싸고 한정하며 독서를 조건짓는 외부 텍스트의 공존. (제목·부제·서문·주석·제사, 서평 의뢰서 등.)

—— **메타 텍스트성**: 텍스트가 다른 텍스트에 비해 상위나 변경된 위치에 있으면서 그것에 대해 이야기하는 것. (비평을 통해 다른 텍스트들 사이에 삽입된 해설의 관계.)

―― 하이퍼 텍스트성: 밑에서 읽을 수 있도록 그 모델(밑텍스트)을 제시함으로써 변형이나 모방에 의해 텍스트가 다른 텍스트에 중첩되는 것.

―― 상위 텍스트성: 방식이나 장르·문체 같은 대분류에 텍스트가 부속되는 것.

이러한 잠정적인 열거는 시학이 단일 텍스트의 통일성을 지키기보다는 텍스트를 구성하고 있는 모든 관계의 교차에서 일반적인 것에 텍스트를 위치시킨다는 것을 확인시켜 줄 수 있다. 결국 이 장의 사행적인 전개 과정이 보여 주는 바와 같이, 시학의 세계에서 장르의 결정적인 의문은 파스칼의 공리대로 도처에 있으면서 그 원주가 어느곳에도 없는 중심이다. 제3장에서 그런 의문은 시와 소설의 비교에서 암암리에 제기되었다. 반면에 그런 의문은 여기서 시학 자체를 초월하여 문학 현상의 다른 접근, 즉 사회학적·역사적·문체적 접근으로 중심 이동되는 핵심적 의문인 독서·역사성·텍스트성 같은 다른 문제를 야기시켰다. 언어(무한대)와 텍스트(아주 특이한)의 두 가지 무한대를 **초월하는** 시학은 중심에서 그 자체를 초월한다. 바흐친이 **초언어학**(trans-linguistique)이라고 정의한 바 있는 시학은 주네트의 견해에서 초텍스트성에 대한 연구를 구축한다.

결 론

시학의 영역

우선 우리는 시학을 그보다 훨씬 더 광범위한 두 학문, 미학과 언어학의 교차 지점에 놓았다. 그럴 때 비교가 흥미로워질 수 있다. 앞서 보다시피 일반적인 미학의 분야에서 근대 시는 음악이나 건축처럼 제시어로 이렇게 전의될 수 있다. 문학 장르의 존재와 본질은 음악에서 소나타나 심포니, 회화에서 정물이나 초상화 같은 다른 예술들을 지배하는 한정된 장르들의 존재와 본질에 결부될 수 있다. 초현실주의자들의 작품에서 은유를 연구하게 될 사람은 에른스트의 회화나 《황금 시대》·《안달루시아의 개》와 같은 브뉘엘의 영화를 쉽사리 지나칠 수 없을 것이다. 요컨대 수많은 시학의 특징들은 언어 과학뿐만 아니라 기호 이론의 총체, 달리 말하자면 기호학(또는 기호론)에 속한다.[1]

로만 야콥슨은 예리한 시각으로 이런 관점을 완성시켜 분명히 밝히고 있는 것 같다. 시학은 도로 표지에서 예술을 통한 기상학으로 옮아가는 기호학에 포함된 그 자체인 수사학과 언어학에 포함된다. 그렇지만 문학 연구의 장에서 수사학과 기호론은 원칙적으로 시학과 정반대의 영역, 작품의 기술법의 특이성에 결부되는 문체론과 마찬가지로 시학과 유사한 교과로 나타난다. 사실 상황이 분명한 것은 아니다. 일반적으로 재정의된 그런 모든 교과는 이론가들의 글과 과학성의 총체적인 요구에서 복잡해지거나 혼동된다. 더구나 시학은 로만 야콥슨의 저서 자체에서, 또한 바슐라르나 메쇼닉·리파테르의 저서에서 주로 시에 대한 연구로 형성된 것이지 문학 전체의 연구로 형성된 것은 아니다. 서론에서 제기된 바 있는 모호성은 여기서도 지속될 수밖에 없다. 그 결과 암시적으로 시와 문학을 동일시하는 전통적인 분류에 의하면 수사학은 산문의 이론이 된다.

그렇지만 조명된 바 있는 상대주의에 근거하여 고대와 근대의 모든 규칙을 같은 측면에 놓는다는 것은 문학 이론의 범위에서 시학의 규칙 자체를 위협한다. 여기서 심각한 모순이 제기된다. 이론으로서 시학은 작품에 대해 공리와 태도를 밝혀 보려는 비평의 투명한 의식이라고 주장한다. 또 다른 한편 시학은 아리스토텔레스보다 훨씬 더 문학에 대해 낭만적이고 상징적인 공론에 역사적으로 의존하는 특별한 비평적 접근일 뿐이다. 이때 그것은 논의의 여지가 있는 전제 사항에 달려 있는 비평의 하위 장르에 불과하다.

시학의 종말인가 시작인가?

야심적인 다른 교과에 인접해 있고, 종종 이론의 여지가 있는 근대성의 전형처럼 공격받는 비평에 대한 불변의 상황에서 시학은 20세기에 일시적으로 화려하게 부활되었다가 벌써 종말에 이른 것인가? 시학자들에 의하면, 시학은 그 자체에 종말을 내포하고 있지 않다는 것이다. 왜냐하면 실제로 시학은 쇄신된 문학사, 로만 야콥슨이 요구하는 공시적인 동시에 통시적인 그런 '역사 시학'에서만 완성될 수 있는 것이기 때문이다. 바흐친이 **대화술**에 비추어 소크라테스의 대화에서 르네상스 시대의 사육제 문학과 도스토예프스키에 이르기까지 장르의 역사를 다시 읽거나,[2] **시간형**의 개념에 의존하여 소설의 역사를 재구성할 때 그런 것처럼 무엇보다도 먼저 문학 영역의 가변성을 분명히 밝히는 것이 중요할 것이다.

토도로프는 마침내 시학에서 일시적 지식, 작품의 구조와 가치를 분리시키지 않는 엄격한 시학과 담론의 일반학에서 오래지 않아 소멸된 늘 변하는 대상의 매개 학문을 목격하게 된다. 확실한 것은 그 자신이 국가적 이데올로기와 관용에 대한 성찰에 관심을 가지기 위해 내용의 결핍을 비평하면서 시학과 점점 거리가 멀어지게 되었다는 사실이다. 주네트로 말하자면, 그는 넬슨 굿맨[3]처럼 앵글로 색슨 예술의 이론적인 영향권에 있는 일반적 미학에 관심을 갖기 위해 점진적으로 시학을 능가하고 있는 상태인 것처럼 보인다.

그런 개인적인 과정은 이런 것을 암시한다. 현재 시학은 무너지고 있는 것처럼 보이고, 다시 말해 그 자체로서 사라지고 사회와 역사에서 다른 형식으로 사방에 확산되는 것처럼 보인다. 예를 들면 그 증거는 철학자 자크 랑시에르가 《지식의 시학 에세이》[4]라는 역사가들의 글쓰기에 할애된 저작에 붙인 부제에서 찾을 수 있다. 또한 야우스와 리파테르 이후 현대 시학에 독자의 점진적인 출현을 나타내는 **사회** 시학[5]의 토대를 마련하려는 최근의 시도에도 그 증거가 있다. 그때부터 시학의 종말은 다시 시작된 것이다. 시학의 위기, 확산되는 위기. 말하자면 현대 비평의 용어에서 **시학**이란 명사의 사용이 증가되고 자유로워진 것은 확실한 징조이다.[6]

문학 연구의 영역에서 하나의 명사는 아무것도 아니니까. 기호학이나 수사학, 문체론에 직면해 얼핏 보기에 발레리나 야콥슨·바슐라르·바흐친·주네트의 공통적인 특성은 **시학**이란 명사의 반복된 요구와 그에 못지않게 반복된 시학을 재정의하고 있다는 사실이다.

왜냐하면 시학은 철학의 방식으로 계속 재정의되고 종국에 의문을 제기하고 있기 때문이다. 사실 우리가 필리프 아몽이나 로랑 제니와 같이 지면이 부족해 빠뜨렸던 학자들을 잊지 않고 인용했던 모든 이론가들에게 공통된 점은 무엇인가? 그것은 유명한 제목이 붙은 작품만을 인용하게 만드는 문학에 직면해 특이한 텍스트의 미학적 탁월성, 구조적 보편성에 대해 지니는 태도이고, 문학의 가능성, 문학의 여러 가지 내적 변수와 문학이 될 수 있는 외적 담론을 조사할 수 있게 하는 문학 과학의 계획이자, 또한 말 그대로 영구 불변의 철학적 의문이다.

시학과 철학

실제로 문학성의 문제에 결정적인 해결책을 가져올 수 있는 것과는 별개로 장르의 분류에는 아직도 더 심각한 의문이 제기되고 있다. 소네트와 단편 소설, 소설·희극·자서전의 공통점은 무엇인가? 이런 장르들의 공통된 특성은 어디에 있는가? 아리스토텔레스로부터 라이프니츠와 하이데거에 이르기까지 형이상학자는 늘 머릿속에 의문을 불확실한 답으로 서둘러 은폐시키지 않고, 그 서곡에 왜 아무것도 없나보다는 오히려 무엇이 있는가?라는 근본적인 의문을 가질 수 밖에 없는 것과 마찬가지로, 시학자는 계속 생성되는 체계와 이론들로 문학이란 무엇인가? 무엇이 언어 메시지를 예술 작품으로 만드는가?라는 근본적인 문제에 대한 강한 의문을 가져야만 한다. 이런 의문은 아리안느의 미로와 동시에 실과 같은 것이다. 만약 발레리가 서정시는 감탄의 전개라고 심각하게 말할 수 있었다면, 시학은 문학이란 존재에 대한 그런 단순한 의문과 철학적인 방향의 전개라고 고수될 수 있을 것이다.

　이때 시학의 미래는 아마도 그 근원의 깊이 있는 새로운 연구에 놓이게 될 것이다. 오로지 아리스토텔레스로 되돌아가는 것이 중요한 게 아니라 아리스토텔레스식으로, 다시 말해 철학적으로 같은 문제, 문학으로 되돌아가는 것이 중요할 것이다. 장 마리 셰퍼의 충동에 이끌린 칸트 미학에 대한 오늘날의 재해석, 《시간과 이야기》에 대한 폴 리쾨르의 고찰은 시학과 미학의 소통의 길을 열어 놓을 수 있을 것이다. 시학은 예술에 대한 작가들의 고유한 파롤로부터 몇몇 현대 철학자들에 의해 전개된 전형적이고 주의깊은 고찰에 이르기까지 생생한 영감의 원천을 찾을 수 있다. 이렇게 질 들뢰즈와 펠릭스 가타리는 작품을 복합적인 감각의 덩어리, 오히려 조이스의 혼성어로부터 무한한 것, 즉 색채·창공·바다·바람에 의해 관통되고 찢겨진 완전한 재료의 중요한 일면, 카오스에서 우주의 열림인 '혼돈 우주(카오스모스)'로 이해하고 있다.[7] 이때 그런 생각은 시 자체를 1인칭으로 말하게 하는 시인 로베르 데스노스의 목소리와 공명을 일으킨다.[8]

　　"발을 내디디면 기분 좋은 진흙탕
　　난 바람을 위한 거센 바람, 바다
　　난 지배자의 숨결의 증거인 시행(詩行)."

원 주

■ 서 론

1) 폴 발레리, 〈시의 목적 Propos sur la poésie〉, 《작품 전집 Œuvres》, 갈리마르, La Pléiade, 1957, 1권, p.1362.

2) 〈콜레주 드 프랑스에서의 시학 강의 L'enseignement de la Poétique au Collège de France〉, 《작품 전집》, p.1441.

3) 츠베탕 토도로프, 〈시학 Poétique〉 항목, 《언어 과학 백과 사전 Dictionnaire encyclopédique des sciences du langage》(1979), 쇠이유, Points Essais, 1979.

4) 로만 야콥슨, 〈언어학과 시학 Linguistique et poétique〉, 《일반 언어학 개론 Essais de linguistique générale》, 미뉘, 1963, p.210.

5) 장 폴랑, 《타르브의 꽃 또는 문자의 공포 Les Fleurs de Tarbes, ou La Terreur dans les Lettres》(1941), 갈리마르, Folio Essais, 1990, p.38.

6) 로만 야콥슨, 〈새로운 러시아 시 La nouvelle poésie russe〉, 《시학의 몇 가지 의문 Questions de poétique》, Poétique, 1973, p.15.

7) 로만 야콥슨, 〈문법의 시와 시의 문법 Poésie de la grammaire et grammaire de la poésie〉, *Ibid.*, 1973.

8) 제라르 주네트, 〈비평과 시학 Critique et poétique〉, 《문채(文彩) III Figures III》, 쇠이유, Poétique, 1972, pp.10-11.

■ 1 시학의 약사: 아리스토텔레스에서 구조주의까지

1) 츠베탕 토도로프, 《언어 과학 백과 사전》, 쇠이유, Point Essais, 1973, p.108.

2) M. H. 아브람스, 《거울과 램프 The Mirror and the Lamp》, 뉴욕, 1953. 츠베탕 토도로프의 《언어 과학 백과 사전》(p.109)에서 인용되었다.

3) '활용의 시학' 이라는 표현은 여기서 '수용의 시학,' 어쩌면 더 연상적인 시학으로 대체되었다.

4) 참고 문헌의 판본은 로슬린 뒤퐁 록과 장 랄로가 번역하고 주석을 단 텍스트인 아리스토텔레스의 《시학 La Poétique》(쇠이유, Poétique, 1980)이다.

5) 미메시스(mimesis)는 그리스어로 '모방하다' 라는 의미의 미메스테 (mimeisthai)에서 나온 말이다. 근대의 번역자들은 그 말을 '모방' 이라기보다는

'재현'으로 번역하는 것이 바람직하다. 그러나 사람들은 2천여 년 동안의 **모방**(imitatio)이란 말의 번역과 그 평가에 근거해서 미메시스는 '재현'과 '모방', '재현'이나 '모방'을 의미한다고 주장하게 될 것이다.

6) 고대 그리스 시대의 작가이자 서사 시인을 가리킨다.

7) 고대에 예술가는 대중 앞에서 칠현금을 연주하면서 서사시를 낭송했다.

8) 이 구절은 루이 마랭의 〈알 수 없는 무한한 숭고함에 대하여 Du Sublime, infini, je ne sais quoi〉 참조. 《새로운 프랑스 문학사 *A New History of French Literature*》, 데니스 홀리에, 하버드대학교출판부, 1989, 《프랑스 문학에 대하여 *De la littérature française*》(보르다스, 1993, 번역 출간).

9) 호라티우스, 《시학》, v.361-362. 첫 행의 시작 부분은 종종 **회화시**(Ut pictura poesis)라는 라틴어로 인용되기도 한다.

10) **타고난 재능**은 '타고난 능력, 타고난 성격'을 의미하는 라틴어인 'ingenium'에서 나온 말이다.

11) 츠베탕 토도로프, 〈낭만주의의 위기 La Crise romantique〉, 《상징의 이론 *Théories du symbole*》(1977), 쇠이유, Point Essais, 1985. 필리프 라쿠 라바르트와 장 뤽 낭시가 선정한 낭만주의 텍스트인 《문학의 절대 *L'Absolu littéraire*》, 쇠이유, Poétique, 1978 참조.

12) 헤겔, 《미학 *Esthétique*》, 클로드 코도스가 선정한 텍스트, PUF, 1953.

13) 현재의 분류는 츠베탕 토도로프의 분류(《사전 *Dictionnaire*》의 〈시학〉 항목, *op. cit.*, pp.110-111)에 따른다.

14) 에밀 벤베니스트, 〈프랑스어 동사에서 시제 관계 Les relations de temps dans le verbe français〉, 《일반 언어학의 제문제 *Problèmes de linguistique générale*》 I, (1966), 갈리마르, Tel, 1976, p.237-251.

2 이야기의 시학: 서사학의 탄생

1) 롤랑 바르트, 〈이야기의 구조 분석 입문 Introduction à l'analyse structurale des récits〉, 《코뮤니카시옹 *Communications*》誌, 제8호(1966), 재출간, 쇠이유, 1981. 《이야기의 시학 *Poétique du récit*》, 쇠이유, Point Essais, 1977에 재수록된 논문이다. 롤랑 바르트, 《기호학적 모험 *L'Aventure sémiologique*》, 쇠이유, Point Essais, 1991.

2) 블라디미르 프로프, 《동화의 형태론 *Morphologie du conte*》(1928), 쇠이유, Point Essais, 1970.

3) 《고양이 주인 또는 장화 신은 고양이 *Le Maître Chat ou Le Chat botté*》란 구전으로 감춰진 동화의 완전한 제목을 연상해 보자.

4) 츠베탕 토도로프, 《시학 *Poétique*》, 쇠이유, Point Essais, 1973, p.77-91.

5) 빅토르 키클로프스키, 〈단편과 소설의 구조 La Construction de la nouvelle et du roman〉 dans 《문학의 이론 *Théorie de la littérature*》, 쇠이유, 1965, p.170-196.

6) 《코뮈니카시옹》誌 제8호(1966), 쇠이유, 1981에 실린 논문의 제목. 《이야기의 논리 *Logique du récit*》, 쇠이유, Poétique, 1973도 참조.

7) 롤랑 바르트, 〈이야기의 구조 분석 입문〉, 《코뮈니카시옹》誌 제8호(1966), 쇠이유, 1981.

8) 그리스어의 'katalueïn'에서 유래한 '용해시키다, 풀다'라는 의미를 가리키는 말.

9) 제라르 주네트, 《문채 III *Figures III*》, 쇠이유, 1972. 본장은 그가 프루스트 작품으로 결정하여 집중하는 것을 완화시킴으로써 그 기본적인 연구에서 폭넓게 착상한 것이다.

10) 주네트의 용어학에서 그리스어로 '이야기'를 의미하는 디에제즈(diégèse)는 전개되는 세계를 강조하는 스토리와 동의어이다.

11) 그리스어 어원의 이 말과 다음 것(proepses)은 '잡는다'(prendre)라는 의미의 동사 'lambano'와 '뒤로'라는 의미의 'ana-,' '앞으로'라는 의미의 'pro-,' '동시에'라는 의미의 'sy(n),' '저쪽에'라는 의미의 'méta-'와 같은 접두사로 형성된 것이다.

12) 마르셀 프루스트, 《잃어버린 시간을 찾아서 *À la recherche du temps perdu*》, 갈리마르, La Pléiade, 1954, I, p.141과 III, p.694.

13) 롤랑 바르트, 《S/Z》(1970), 쇠이유, 1976, p.39.

14) 루이 페르디낭, 《외상 죽음 *Mort à crédit*》, dans 《소설 *Romans*》 I, 갈리마르, La Pléiade, 1981, p.567.

15) 롤랑 바르트, 《기술의 영도 *Le Degré zéro de l'écriture*》(1953), 쇠이유, Points Essais, 1972, p.25.

16) '갖는다(prendre)'는 의미의 그리스어 'lambano'에서 연유한 용어로 '-넘어, -후에'라는 의미의 메타(méta-)라는 접두사가 붙은 말이다.

17) 디드로, 《운명론자 자크와 그의 스승 *Jacques le Fataliste et son maître*》, dans 《작품 전집》, 갈리마르, La Pléiade, 1951, p.512.

③ 허구와 상상계: 세계와의 관계

1) 제라르 주네트, 〈허구적 이야기와 사실적 이야기 Récit fictionnel, récit factuel〉 dans 《픽션과 표현법 *Fiction et Diction*》, 쇠이유, Poétique, 1991.

2) 존 랭샤우 오스틴, 《말할 때 그것은 활동하는 것이다 *Quand dire, c'est faire*》(1962), 쇠이유, Points Essais, 1991.

3) 제라르 주네트, 〈허구의 행위 Les actes de fiction〉, 《픽션과 표현법》, 쇠이유, Poétique, 1991.

4) 움베르토 에코, 《가공적 이야기 속의 독자 *Lector in fabula*》(1979), 포쉬판, Biblio/Essais, 1990.

5) 토마스 파블, 《픽션의 세계 *Univers de la fiction*》, 쇠이유, Poétique, 1988.

6) 미하일 바흐친, 《소설의 미학과 이론 *Esthétique et théorie du roman*》(1975), 갈리마르, Tel, 1987, pp.237-398과 특히 pp.384-398.

7) 르네 웰렉, 오스틴 워런, 《문학의 이론》(1942), 쇠이유, Poétique, 1971.

8) 토마스 파블, 《픽션의 세계》 *op. cit.*, p.183과 미셸 뷔토르, 〈소설의 공간 L'espace du roman〉, 《소설에 관한 시론 *Essais sur le roman*》(1964), 갈리마르, Tel, 1992 참조.

9) 이탈로 칼비노, 〈발자크 작품에서의 도시-소설 La cité-roman chez Balzac〉, 《기계 문학 *La Machine Littérature*》, 쇠이유, 1984.

10) 제라르 주네트, 〈이야기의 경계 Frontières du récit〉, 《문채 II *Figures II*》(1969), 쇠이유, Points Essais, 1979.

11) 롤랑 바르트, 〈현실 효과 L'effet de réel〉, 《언어의 희미한 소리 *Le Bruissement de la langue*》(1984), 쇠이유, Points Essais, 1993. 글모음집 《문학과 현실 *Littérature et réalité*》, 쇠이유, Points Essais, 1982에도 재수록.

12) B. 토마체프스키, 〈주제 Thématique〉, 《문학의 이론》, 쇠이유, 1965, p.282-292.

13) 로만 야콥슨, 〈예술적 사실주의에 대하여 Du réalisme artistique〉, 《문학의 이론》, *op. cit.*, p.98-108.

14) 웰렉, 워런, 《문학의 이론》, 쇠이유, 1971, p.31.

15) *Ibid.*, p.35-36.

16) 케테 함부르거, 《문학 장르의 논리 Logique des genres littéraire [Loigik der Dichtung]》, 쇠이유, Poétique, 1986.

17) 츠베탕 토도로프, 〈운율 없는 시 La poésie sans le vers〉, 《문학의 개념 *La Notion de littérature*》, 쇠이유, Points Essais, 1987.

18) 제라르 주네트, 〈픽션과 표현법〉, 《픽션과 표현법》, 쇠이유, 1991.

19) 그리스어로 'rhéma'는 '이야기되는 것, 담론'의 의미로 '(담론에 의해) 제시되는 것'이란 의미의 'thèma'와 대비된다.

20) 가스통 바슐라르, 《촛불의 미학 *La Flamme d'une chandelle*》, PUF, 1961,

p.22.

21) *Ibid.*, p.23-24.

22) *Ibid.*, p.34.

23) 가스통 바슐라르, 《로트레아몽 *Lautréamont*》, 조제 코르티, 1939.

24) 가스통 바슐라르, 《촛불의 미학》, *op. cit.*, p.42.

25) *Ibid.*, p.93.

４ 시의 시학, 또는 선조적 담론의 소멸

1) 폴 발레리, 〈시와 추상적 사고 Poésie et pensée abstraite〉, 《바리에테 *Va-riété*》 dans 《작품 전집》 1권, 갈리마르, La Pléade, 1957, p.1324.

2) 폴 발레리, 〈시에 관한 이야기 Propos sur la poésie〉, 《바리에테》, *op. cit.*, p.1362.

3) 츠베탕 토도로프, 〈시의 이론 Théories de la poésie〉, 《담론의 장르들 *Les Genres du discours*》, 쇠이유, Poétique, 1978, pp.99-104.

4) 제라르 주네트, 〈문채 Figures〉, 《문채 I *Figures I*》(1966), 쇠이유, Points Essais, 1976, pp.205-221.

5) *Ibid.*, p.220.

6) 제라르 주네트, 《의음법, 크라틸리로의 여행 *Mimologiques, voyage en Cratylie*》, 쇠이유, Poétique, 1976.

7) 스테판 말라르메, '시의 위기(Crise de vers),' 〈주제의 변화 Variations sur un sujet〉 dans 《작품 전집》, 갈리마르, La Pléiade, 1945, pp.360-368.

8) 폴 발레리, 〈시와 추상적 사고〉, 《바리에테》 dans 《작품 전집 I》, 갈리마르, La Pléiade, 1957, pp.1314-1339.

9) *Ibid.*, pp.1330-1331.

10) *Ibid.*, p.1338.

11) 로만 야콥슨 《문학의 이론》 쇠이유, 1965의 서문 참조.

12) 또는 '거리두기' '낯설게 하기,' 러시아어로는 'ostranenie' 이다.

13) 오십 브릭, 〈리듬과 통사 구조 Rythme et syntaxe〉, 《문학의 이론》, 파리, 쇠이유, 1965, pp.143-153.

14) 〈'형식'의 이론 La théorie de la 'méthode formelle'〉, 《문학의 이론》, 파리, 쇠이유, 1965, p.46. 아이텐바움의 인용.

15) 로만 야콥슨, 《일반 언어학 개론 *Essai de linguistique générale*》 I, 1963, 미뉘, pp.209-248.

16) 라틴어 'conatus' 에서 나온 말로 '시험적인' · '노력' 의 의미.

17) 그리스어 'phatis'에서 나온 말로 '우리가 이야기하는 것'의 의미.

18) 로만 야콥슨, 《일반 언어학 개론》, *op. cit.*, p.222.

19) *Ibid.*, p.220.

20) 로만 야콥슨, 《시학의 문제 *Questions de poétique*》, 쇠이유, Poétique, 1973, pp.401-419.

21) 그리스 신화에 등장하는 인물의 이름 에레보스는 환유로 지옥을 가리킨다.

22) 로만 야콥슨, 〈문법의 시와 시의 문법〉, 《시학의 문제》, 쇠이유, 1973, p.224.

23) 로만 야콥슨, 《일반 언어학 개론 I》, *op. cit.*, p.238.

24) 로만 야콥슨, 〈사용중인 언어 Le langage en action〉, 《시학의 문제》, *op. cit.*, pp.205-217.

25) 갈리마르에서 출간된 6권짜리 시리즈이다.

26) 그리스어 'monos'에서 파생된 말로 '유일한'이라는 의미를 갖는다. 유일한 원칙에 근거하여 현실을 설명하려는 이론이다.

27) 에밀 벤베니스트, 〈언어학적 표현에서 '운율'의 개념〉, 《일반 언어학의 제 문제》 I, 1966, 갈리마르, 1976, p.327-335.

28) '나타나다'라는 의미의 그리스어인 'phainomai'와 '태어나다'라는 의미의 'gignomai'에서 형성된 신조어이다.

29) 줄리아 크리스테바, 《세미오티카, 기호 분석 연구 *Sèméȑôtikè, Recherches pour une sémanalyse*》(1969), 쇠이유, Points Essais, 1978.

30) 줄리아 크리스테바, 〈기호 분석과 의미 생성 Sémanalyse et production de sens〉, 《시의 기호학 시론 *Essais de sémiotique poétique*》, 라루스, 1972, pp.207-234.

31) 롤랑 바르트, 〈지시적 암시 L'illusion référentielle〉, 《문학과 현실》, 쇠이유, 1982, p.118.

32) 리파테르가 〈시의 의미론 Sémantique du poème〉에서 한 분석. 《텍스트의 생산 *La Production du texte*》, 쇠이유, Poétique, 1979, pp.36-38.

5 장르의 이론: 이야기의 시학을 위하여

1) 제라르 주네트, 츠베탕 토도로프, 《장르의 이론 *Théorie des genres*》의 서론, 쇠이유, Points Essais, 1986.

2) Jorge Luis 보르헤스, 〈책 Le Livre〉, 《강연집 *Conférences*》, 갈리마르, Folio-Essais, 1985, p.157.

3) 미셸 샤를, 〈서문 Avant-propos〉, 《독서의 수사학 *Rhétorique de la lecture*》, 쇠이유, Poétique, 1977.

4) 롤랑 바르트, 《비평과 진실 *Critique et Vérité*》, 쇠이유, 1966, pp.56-63.

5) *Ibid.*, p.78.

6) 롤랑 바르트, 《텍스트의 즐거움 *Le Plaisir du texte*》(1973), 쇠이유, Points Essais, 1982, p.82-83.

7) 움베르토 에코, 《가공적 이야기 속의 독자 *Lector in fabula*》(1979), 포쉬판, Biblio Essais, 1990, p.67.

8) 미셸 샤를, 《독서의 수사학》, 쇠이유, Poétique, 1977.

9) 한스 로베르 야우스, 《수신용 미학을 위하여 *Pour une esthétique de la réception*》(1978), 갈리마르, Tel, 1990, p.53 발췌 인용.

10) 한스 로베르 야우스, 인용문, p.56-57.

11) 츠베탕 토도로프, 《환상 문학 입문 *Introduction à la littérature fantastique*》(1970), 쇠이유, Points Essais, 1976.

12) 필리프 르죈, 《자서전의 규약 *La Pacte autobiographique*》, 쇠이유, Poétique, 1975. 그는 같은 시리즈로 출간된 《나는 타자이다 *Je est un autre*》(1981)와 《나 역시 *Moi aussi*》(1986)에서 연구를 계속해 나가고 있다.

13) 아롱 키베디 바르가, 《수사학과 문학 *Rhétorique et littérature*》, 디디에, 1970 참조.

14) 미하일 바흐친, 〈담론의 장르들 Les genres du discours〉, 《언어 창조의 미학 *Esthétique de la création verbale*》, 갈리마르, 1984.

15) 츠베탕 토도로프, 《담론의 장르들》, 쇠이유, Poétique, 1978.

16) 안드레 욜레스, 《단순한 형태 *Formes simples*》(1930), 쇠이유, Poétique, 1972.

17) 로만 야콥슨, 〈언어학과 시학 Linguistique et poétique〉, 《일반 언어학 개론》 I, 미뉘, 1963, p.212.

18) 유리 티니아노프, 〈문학의 발달에 대하여 De l'évolution littéraire〉, 《문학의 이론》, 쇠이유, 1965, pp.126-128 참조.

19) B. 토마체프스키, 〈주제〉, 《문학의 이론》, *op. cit.*, p.302-307.

20) 츠베탕 토도로프, 〈여러 가지 문학 장르 Genres littéraires〉, 《언어 과학 백과 사전》(1973), 쇠이유, Points Essais, 1979.

21) 츠베탕 토도로프, 《환상 문학 입문》(1970), 쇠이유, 1976, p.18-20.

22) 제라르 주네트, 〈상위 텍스트 입문 Introduction à l'architexte〉(1979) 《장르의 이론 *Théorie des genres*》, 쇠이유, Points Essais, 1986에 재수록.

23) 노스롭 프라이, 《비평의 해부 *Anatomie de la critique*》(1957), 갈리마르, 1969, pp.300-303.

24) 제라르 주네트, 〈상위 텍스트 입문〉(1979), 《장르의 이론》, 쇠이유, Points Essais, 1986, p.143.

25) 미하일 바흐친, 〈소설 담론에 대하여 Du discours romanesque〉, 《소설의 미학과 이론》(1975), 갈리마르, Tel, 1987, 특히 pp.122-151참조.

26) *Ibid.*, p.135.

27) 줄리아 크리스테바, 〈단어와 대화와 소설 Le mot, le dialogue et le roman〉, 《세미오티카, 기호 분석 연구》(1969), 쇠이유, Points Essais, 1978, p.85.

28) 이탈로 칼비노, 〈가설적 단계 L'étagère hypothétique〉, 《문학이란 기계 *La Machine littérature*》, 쇠이유, 1985.

29) 제라르 주네트, 《팔랭프세스트 *Palimpsestes*》(1982), 쇠이유, Points Essais, 1992.

■ 결 론

1) 로만 야콥슨, 〈언어학과 시학〉, 《일반 언어학 개론》 I, 미뉘, 1963, p.210.

2) 츠베탕 토도로프, 《시학》, 쇠이유, 1973, p.96 재인용.

3) 《미학과 시학 *Esthétique et poétique*》(제라르 주네트의 지도하게 출간된 책), 쇠이유, Points Essais, 1992.

4) 자크 랑시에르, 《역사의 이름들, 지식의 시학 에세이 *Les Noms de l'histoire, essai de poétique du savoir*》, 쇠이유, 1992.

5) 조르주 몰리니에, 알랭 비알라, 《수용의 접근, 르 클레지오의 기호 문체론과 사회 시학 *Approches de réception, sémiostylistique et sociopoétique de Le Clézio*》, 프랑스대학출판부(PUF), 1993.

6) 그러므로 마티스는 〈적어도 새로운 시학을 창조한다〉, 《앙리 마티스의 1904-1917》 전시회 카탈로그, 퐁피두센터출판부, 1993, p.58.

7) 질 들뢰즈, 펠릭스 가타리, 〈철학이란 무엇인가 Qu'est-ce que la philosophie?〉, 미뉘, 1991, p.192. 특히 〈지각 대상과 정서, 개념 Percept, affect et concept〉, p.154-188참조.

8) 로베르 데스노스, 〈시학〉, 《자의적 숙명 *Destinée arbitraire*》, 시/갈리마르, 1975.

참고 문헌

여기 언급된 참고 문헌은 인용된 주요 책제목과 전개 과정에서 언급되지 않았던 중요한 몇몇 연구서만을 포함하고 있을 뿐이다.

잡지, 총서, 일반 연구서

• 잡지와 총서

Littérature, Larousse(1971년부터 출간된 계간지).
Communications, Le Seuil(수사학과 기호학을 중심으로).
Poétique, Le Seuil(1970년부터 출간된 계간지).

그 중에서도 제라르 주네트와 츠베탕 토도로프의 대다수 저작을 포함하는 '시학(Poétique)' 총서를 전반적으로 잡지와 함께 참고할 수 있다. 가장 중요한 제목들은 한 분야나 주어진 문제에 대한 유용한 논문들을 모아 놓은 *Poétique du récit*(1977), *Sémantique de la poésie*(1979), *Communications n° 8*(1981), *Littérature et réalité*(1982), *Théorie des genres*(1986) 같은 'Points Essais' 포쉬판 총서에 재수록되었다.

• 일반 연구서

DUCROT Oswald et TODOROV Tzvetan, *Dictionnaire encyclopédique des sciences du langage*(1972), Paris, Le Seuil, Points Essais, 1979. 틀에 박힌 개념의 복합성에도 불구하고 정확하고 정통하며 늘 분명한 참고 문헌. 그렇지만 또한 빨리 변화하는 분야에서 현실화되지 않는 것은 유감이다.

Théorie de la littérature, Le Seuil, 1965. (츠베탕 토도로프에 의해 번역되어 소개된 러시아 형식주의자들의 텍스트.) 문학 기법이나 이야기의 구성, 운문(시)의 이론에 대한 전형적인 연구 선집. 이론적인 열정이 넘치는 형식주의자들은 현대 시학의 원리의 방향으로 간다.

WELLEK René et WARREN Austin, *La Théorie littéraire*(1942), Le Seuil, Poétique, 1971. 미국의 명저. 아주 이해하기 쉬운 유형에 문학이 연구 대상으로 포함되고, 내적인 만큼 외적인 다른 접근 유형들이 연구되었다.

■ 역사적으로 유명한 텍스트

ARISTOTE, *La Poétique*, Le Seuil, Poétique, 1980. (장 랄로와 로즐린 뒤퐁 록의 해석과 주석.) 복합적이지만 매우 중요한 텍스트를 소개하고 분명하게 문제화한 엄밀한 두 언어 병용 판본이다.

ARISTOTE, *Poétique*, Le Livre de Poche, 1990. (미셸 마니앵의 새로운 해석과 주석.) 중요한 비평과 역사적 서문이 앞에 있고 뒤에 플라톤의 발췌문과 귀중한 색인이 붙어 있는 더 이해하기 쉬운 판본이다.

BOILEAU Nicolas, *L'Art poétique*, Nouveaux Classiques Larousse, 1972. 직접 꼭 읽어볼 필요가 있는 고전주의 선언서이다.

CHARPIER Jacques et SEGHERS Pierre, *L'Art poétique*, Seghers, 1956. 연대기적 순서에 따라 긴 발췌문과 간단한 단장(斷章)이 번갈아 나오는 전시대와 모든 문명의 시학 선집. 일반 시학이 어떻게 자신들의 예술에 대한 작가들의 고유한 고찰에 뿌리를 내리고 있고 차차 어떻게 그것과 구별되는지를 보기 위해 참조할 수 있다.

HEGEL Georg Wilhelm Friedrich, *Esthétique*, P.U.F., 1953. (클로드 코도스가 뽑아 소개한 발췌본이다.) 관계에서 주관적으로 고려된 낭만주의 예술의 가장 탁월한 이론이다.

HORACE, *Art poétique*, Les Belles Lettres(coll. des 'Universités de France'), 1955(프랑수아 빌뇌브 번역). 글자 그대로 장르의 전형이 된 젊은 시인들에게 보낸 서한이다.

KANT Emmanuel, *Critique de la faculté de juger*, dans *Œuvres philosophiques*(페르낭 알키에 책임 편집), Gallimard, La Pléiade, 1984. 미적 판단과 아름다움과 숭고함의 개념에 대한 기본 텍스트이다.

KANT Emmanuel, *L'Absolu littéraire*, Le Seuil, Poétique, 1978. (필리프 라쿠 라바르트와 장 뤽 낭시가 번역하여 소개한 텍스트.) 두 현대 철학자에 의해 발굴된 근대 문학 이론의 기초가 되는 난해한 텍스트이다.

LESSING Gotthold Ephraïm, *Laocoon et autres textes*, Hermann, Paris, 1962. 시와 회화·조각에 대한 체계적이고 혁신적인 미학적 고찰이다.

MALLARME Stéphane, *Œuvres*, Gallimard, La Pléiade, 1951. (조르주 장 오브리와 알리 몽도르 책임 편집.) 언어의 유연성과 정화로 시에 대한 탁월한 고찰. 여러 가지 인식 방법이다.

PAULHAN Jean, *Les Fleurs de Tarbes ou La Terreur dans les lettres*(1941),

Gallimard, Folio, 1990. 자발적 표현의 낭만주의적이고 초현실주의적인 공포로부터 수사학과 그 정수의 필요성을 지키는 난해하고 우의적인 짧은 시론이다.

PLATON, *Ion*, Les Belles Lettres(coll. des 'Universités de France'), 1964. 르네상스 시대부터 영향력이 상당했던 신과 같은 영감에서 연유하는 학설의 첫 표명이다.

PLATON, *La République*(3 vol.), Les Belles Lettres(coll. des 'Universités de France'), 1965-67. 시인의 역할을 탈신비화시킨 도덕을 고려한 예술의 준엄한 비평이다.

VALÉRY Paul, 《시학과 미학의 이론 *Théorie poétique et esthétique*》, *Variété*, dans *Œuvres* t. I, Gallimard, La Pléiade, 1957. 시와 관계 있는 모든 시론과 강의, 특히 발레리에 의해 쇄신된 시학의 교과를 가리키는 것들을 재편집한 부분이다.

■ 이야기의 이론과 픽션의 연구

BAKHTINE Mikhaïl, *Esthétique et théorie du roman*(1975), Gallimard, Tel, 1987. 러시아 이론가의 다언어 구사와 시간형에 대한 기본 연구서. 그의 사상은 실제로 큰 성공을 거두었다. 더 짧지만 잡다한 텍스트를 여러 개 모아 놓은 *Esthétique de la création verbale*(Gallimard, 1984)로 보완하였다.

ECO Umberto, *Lector in fabula*, Le Livre de Poche, Biblio essais, 1990. 이탈리아의 기호학 거장이 제시한 서술 텍스트의 해석 과정의 공리적이면서도 유희적인 이론이다.

GENETTE Gérard, *Figures III*, Le Seuil, Poétique, 1972. 이 자료 모음집은 새로운 수사학의 야심과 시학의 재정립의 전환점을 나타낸다. '이야기의 담론'이라고 제목이 붙여진 종합적인 시론은 1983년에 출간된 《이야기의 새로운 담론 *Nouveau discours du récit*》에서 거의 수정되지 않았고, 20년 전부터 서사학 연구의 권위를 차지하고 있던 이야기의 엄격한 묘사 영역을 완성하고 있다.

GENETTE Gérard, *Fiction et Diction*, Le Seuil, Poétique, 1991. 예술 철학과 앵글로 색슨어에 귀를 기울여 그 중심이나 여백에서 시학을 발전시킨 네 가지 단편적인 연구서이다.

PAVEL Thomas, *Univers de la fiction*, Le Seuil, Poétique, 1988. 이야기의 형식에 중점을 두게 되면서부터 시학은 논리적이면서 인류학적인 관점에서 픽션의 영향력을 비판한다. 고무적이지만 난해한 저작이다.

PROPP Vladimir, *Morphologie du conte*(1928), Le Seuil, Poétique, 1970. 이

야기에서 플롯과 관계의 구조를 강조하는 것을 우선으로 했던 이 형식주의의
연구는 구조주의 시학에서 착상된 것이다.

TODOROV Tzvetan, *Poétique*(1968), Le Seuil, Points Essais, 1973.
이야기의 분석을 특별히 다룬 간결한 시학 개론이다.

■ 시의 이론

BACHELARD Gaston: 그의 모든 비평서는 물질의 4원소(공기·흙·불·물)에
따라 상상계를 크게 분류코자 한다. 그의 마지막 두 비평서 《몽상의 시학 *La
Poétique de la rêverie*》(P.U.F., 1960)과 《촛불의 시학 *La Flamme d'une chan-
delle*》(P.U.F., 1961)은 몽상을 작품으로 변모시키는 상상력의 연구를 집대성하
고 있다.

COHEN Jean, *Structure du langage poétique*, Flammarion, 1966. 시의 원리처
럼 의미론적 차이에 논란의 소지가 많은 이론을 체계화한 저작이다.

JAKOBSON Roman, '언어학과 시학 *Linguistique et poétique*,' dans *Essais de
linguistique générale*(1963년 니콜라스 뤼베의 번역), éd. de Minuit(coll. 'Dou-
ble'), 1986, pp.209-251. 언어의 여섯 가지 기능의 유명한 표본을 발전시키고,
시의 원리에 등가의 원리를 적용하는 근본적인 의사 소통이다.

JAKOBSON Roman, *Questions de poétique*, Le Seuil, Poétique, 1973. 야콥슨
의 고유한 형식상의 방법을 전개한 때로는 난해하지만 많이 활용되는 텍스트
이다.

KRISTEVA Julia, *Sèméiotikè: Recherches pour une sémanalyse*, Le Seuil,
1969. 아주 복합적이지만 표면상 텍스트를 결코 멈추지 않는 의미 작용 과정
의 산물로 간주함으로써 획기적이었던 저작이다.

MESCHONNIC Henri, *Pour la poétique I*, Gallimard, 1970. 중요하지만 종종
난해한 이론의 기초를 습득하려면 어휘 사전이 필수적이므로 먼저 시리즈의
제1권을 읽는 편이 낫다.

RIFFATERRE Michael, *La Production du texte*, Le Seuil, Poétique, 1979. 언
어에서 통용되고 있는 관용구와 상투적인 표현에 따라 텍스트의 내재적 독서
로 안내하는 거침없고 종종 독단적인 연구서이다.

■ 장르의 이론

COMBE Dominique, *Les Genres littéraires*, Hachette-Supérieur, 1992. 탁월한

이론 교과를 통해 장르의 기술적인 접근을 제시하는 종합적인 명저이다.

GENETTE Gérard, *Introduction à l'architexte*(1979), *Théorie des genres*, Le Seuil, Points Essais, 1986에 재수록. 아리스토텔레스부터 현재에 이르기까지 유명한 '세 유형(하위 장르, 장르, 상위 장르)'에 의해 방향이 설정된 장르사의 혁신적인 개요와 시학사에 대한 빛의 투영이다.

HAMON Philippe, *Introduction à l'analyse du descriptif*, Hachette-Supérieur, 1981. 이야기에 의한 장르의 흡수나 지시 대상에 앞서 그것의 소멸에 반해 그 자체로 서술 장르에 고유한 구성에 대한 혁신적인 연구서이다.

JOLLES André, *Formes simples*(1930), Le Seuil, Poétique, 1972. 대상의 구성을 위해 민족지학적 연구에 의거한 독창적인 시학. 말하자면 문학 장르의 기원에 속하는 언어의 단순한 형식이다.

SCHAEFFER Jean-Marie, *Qu'est-ce qu'un genre littéraire?* Le Seuil, Poétique, 1989. 장르 개념의 복합성과 이질성을 논증하는 세심한 역사 의식이 동반된 엄격한 미학적 고찰이다.

SULEIMAN Susan Rubin, *Le Roman à thèse ou l'Autorité fictive*, P.U.F., 1983. 바레스나 말로·니장으로부터 전형적인 이야기의 수사학적 개념에 의거해서 논란의 소지가 많은 근대적 장르에 대한 연구이다.

TODOROV Tzvetan, *Introduction à la littérature fantastique*(1970), Le Seuil, Points Essais, 1976. 장르에 대한 흥미있는 토론으로 시작하는 정말 읽을 만한 가치가 있는 이 저작은 연구를 장르의 주제로 확대하기 이전에 환상 장르의 단순하고 효과적인 정의를 제시한다.

TODOROV Tzvetan, *La Notion de littérature et autres essais*, Le Seuil, Points Essais, 1987. 이 시론은 그 중에서도 문학을 과학적으로 정의하는 것이 불가능하다는 것을 저자에게 관례적으로 단호하고 명료하게 논증해 준다.

<h1 style="text-align:center">색 인</h1>

이용주(李龍柱)
충남대학교 불어불문학과, 동대학원 졸업
파리3대학 D.E.A.
성균관대학교 대학원 문학 박사
창원대, 한남대, 배재대, 대전대, 충남대, 국민대 강사
저서: 《프랑스 문화와 예술》(공저)
역서: 《상상력을 자극하는 110가지 개념》
《고독한 글쓰기》《인간의 시간》(공역) 외

현대신서
74

시 학

초판발행: 2001년 5월 5일

지은이: 다비드 퐁텐
옮긴이: 이용주
펴낸이: 辛成大
펴낸곳: 東文選
제10-64호, 78. 12. 16 등록
110-300 서울 종로구 관훈동 74번지
전화: 737-2795
팩스: 723-4518

편집설계: 李妊炅 · 李尙恩

ISBN 89-8038-171-9 94860
ISBN 89-8038-050-X (세트)

42 진보의 미래   D. 르쿠르 / 김영선   근간
43 중세에 살기   J. 르 고프 外 / 최애리   8,000원
44 쾌락의 횡포·상   J. C. 기유보 / 김웅권   근간
45 쾌락의 횡포·하   J. C. 기유보 / 김웅권   근간
46 운디네와 지식의 불   B. 데스파냐 / 김웅권   근간
47 이성의 한가운데에서 — 이성과 신앙   A. 퀴노 / 최은영   6,000원
48 도덕적 명령   FORESEEN 연구소 / 우강택   근간
49 망각의 형태   M. 오제 / 김수경   근간
50 느리게 산다는 것의 의미   P. 쌍소 / 김주경   7,000원
51 나만의 자유를 찾아서   C. 토마스 / 문신원   6,000원
52 음악적 삶의 의미   M. 존스 / 송인영   근간
53 나의 철학 유언   J. 기통 / 권유현   8,000원
54 타르튀프 / 서민귀족   몰리에르 / 덕성여대극예술비교연구회   8,000원
55 판타지 산업   A. 플라워즈 / 박범수   근간
56 이탈리아영화사   L. 스키파노 / 이주현   근간
57 홍수〔장편소설〕   J. M. G. 르 클레지오 / 신미경   근간
58 일신교 — 성경과 철학자들   E. 오르티그 / 전광호   6,000원
59 프랑스 시의 이해   A. 바이양 / 김다은·이혜지   8,000원
60 종교철학   J. P. 힉 / 김희수   10,000원
61 고요함의 폭력   V. 포레스테 / 박은영   근간
62 소녀, 선생님 그리고 신   E. 노르트호펜 / 안상원   근간
63 미학개론 — 예술철학입문   A. 셰퍼드 / 유호전   10,000원
64 논증 — 담화에서 사고까지   G. 비뇨 / 임기대   6,000원
65 역사 — 성찰된 시간   F. 도스 / 김미겸   7,000원
66 비교문학개요   F. 클로동·K. 아다-보트링 / 김정란   8,000원
67 남성지배   P. 부르디외 / 김용숙·주경미   9,000원
68 호모사피엔스에서 인터렉티브인간으로   FORESEEN 연구소 / 공나리   근간
69 상투어 — 언어·담론·사회   R. 아모시·A. H. 피에로 / 조성애   9,000원
70 촛불의 미학   G. 바슐라르 / 이가림   근간
71 푸코 읽기   P. 빌루에 / 나길래   근간
72 문학논술   J. 파프·D. 로쉬 / 권종분   8,000원
73 한국전통예술개론   沈雨晟   10,000원
74 시학 — 문학 형식 일반론 입문   D. 퐁텐느 / 이용주   8,000원
75 자유의 순간   P. M. 코헨 / 최하영   근간
76 동물성 — 인간의 위상에 관하여   D. 르스텔 / 김승철   근간
77 랑가쥬 이론 서설   L. 옐름슬레우 / 김용숙·김혜련   10,000원
78 잔혹성의 미학   F. 토넬리 / 박형섭   9,000원
79 문학 텍스트의 정신분석   M. J. 벨멩-노엘 / 심재중·최애영   9,000원
80 무관심의 절정   J. 보드리야르 / 이은민   8,000원
81 영원한 황홀   P. 브뤼크네르 / 김웅권   근간
82 노동의 종말에 반하여   D. 슈나페르 / 김교신   근간
83 프랑스영화사   J. -P. 장콜 / 김혜련   근간

32	性과 결혼의 민족학	和田正平 / 沈雨晟	9,000원
33	農漁俗談辭典	宋在璇	12,000원
34	朝鮮의 鬼神	村山智順 / 金禧慶	12,000원
35	道敎와 中國文化	葛兆光 / 沈揆昊	15,000원
36	禪宗과 中國文化	葛兆光 / 鄭相泓·任炳權	8,000원
37	오페라의 역사	L. 오레이 / 류연희	절판
38	인도종교미술	A. 무케르지 / 崔炳植	14,000원
39	힌두교의 그림언어	안넬리제 外 / 全在星	9,000원
40	중국고대사회	許進雄 / 洪 熹	22,000원
41	중국문화개론	李宗桂 / 李宰碩	15,000원
42	龍鳳文化源流	王大有 / 林東錫	17,000원
43	甲骨學通論	王宇信 / 李宰錫	근간
44	朝鮮巫俗考	李能和 / 李在崑	12,000원
45	미술과 페미니즘	N. 부루드 外 / 扈承喜	9,000원
46	아프리카미술	P. 윌레뜨 / 崔炳植	절판
47	美의 歷程	李澤厚 / 尹壽榮	22,000원
48	曼茶羅의 神들	立川武藏 / 金龜山	절판
49	朝鮮歲時記	洪錫謨 外/李錫浩	30,000원
50	하 상	蘇曉康 外 / 洪 熹	절판
51	武藝圖譜通志 實技解題	正 祖 / 沈雨晟·金光錫	15,000원
52	古文字學첫걸음	李學勤 / 河永三	14,000원
53	體育美學	胡小明 / 閔永淑	10,000원
54	아시아 美術의 再發見	崔炳植	9,000원
55	曆과 占의 科學	永田久 / 沈雨晟	8,000원
56	中國小學史	胡奇光 / 李宰碩	20,000원
57	中國甲骨學史	吳浩坤 外 / 梁東淑	근간
58	꿈의 철학	劉文英 / 河永三	22,000원
59	女神들의 인도	立川武藏 / 金龜山	13,000원
60	性의 역사	J. L. 플랑드렝 / 편집부	18,000원
61	쉬르섹슈얼리티	W. 챠드윅 / 편집부	10,000원
62	여성속담사전	宋在璇	18,000원
63	박재서희곡선	朴栽緒	10,000원
64	東北民族源流	孫進己 / 林東錫	13,000원
65	朝鮮巫俗의 硏究(상·하)	赤松智城·秋葉隆 / 沈雨晟	28,000원
66	中國文學 속의 孤獨感	斯波六郎 / 尹壽榮	8,000원
67	한국사회주의 연극운동사	李康列	8,000원
68	스포츠인류학	K. 블랑챠드 外 / 박기동 外	12,000원
69	리조복식도감	리팔찬	절판
70	娼 婦	A. 꼬르벵 / 李宗旼	22,000원
71	조선민요연구	高晶玉	30,000원
72	楚文化史	張正明	근간
73	시간, 욕망 그리고 공포	A. 꼬르벵	근간

74	本國劍	金光錫	40,000원
75	노트와 반노트	E. 이오네스코 / 박형섭	절판
76	朝鮮美術史硏究	尹喜淳	7,000원
77	拳法要訣	金光錫	10,000원
78	艸衣選集	艸衣意恂 / 林鍾旭	14,000원
79	漢語音韻學講義	董少文 / 林東錫	10,000원
80	이오네스코 연극미학	C. 위베르 / 박형섭	9,000원
81	중국문자훈고학사전	全廣鎭 편역	15,000원
82	상말속담사전	宋在璇	10,000원
83	書法論叢	沈尹默 / 郭魯鳳	8,000원
84	침실의 문화사	P. 디비 / 편집부	9,000원
85	禮의 精神	柳肅 / 洪熹	10,000원
86	조선공예개관	日本民芸協會 편 / 沈雨晟	30,000원
87	性愛의 社會史	J. 솔레 / 李宗旼	18,000원
88	러시아미술사	A. I. 조토프 / 이건수	16,000원
89	中國書藝論文選	郭魯鳳 選譯	25,000원
90	朝鮮美術史	關野貞 / 沈雨晟	근간
91	美術版 탄트라	P. 로슨 / 편집부	8,000원
92	군달리니	A. 무케르지 / 편집부	9,000원
93	카마수트라	바짜야나 / 鄭泰爀	10,000원
94	중국언어학총론	J. 노먼 / 全廣鎭	18,000원
95	運氣學說	任應秋 / 李宰碩	8,000원
96	동물속담사전	宋在璇	20,000원
97	자본주의의 아비투스	P. 부르디외 / 최종철	6,000원
98	宗敎學入門	F. 막스 뮐러 / 金龜山	10,000원
99	변 화	P. 바츨라빅크 外 / 박인철	10,000원
100	우리나라 민속놀이	沈雨晟	15,000원
101	歌訣(중국역대명언경구집)	李宰碩 편역	20,000원
102	아니마와 아니무스	A. 융 / 박해순	8,000원
103	나, 너, 우리	L. 이리가라이 / 박정오	10,000원
104	베케트연극론	M. 푸크레 / 박형섭	8,000원
105	포르노그래피	A. 드워킨 / 유혜련	12,000원
106	셸 링	M. 하이데거 / 최상욱	12,000원
107	프랑수아 비용	宋勉	18,000원
108	중국서예 80제	郭魯鳳 편역	16,000원
109	性과 미디어	W. B. 키 / 박해순	12,000원
110	中國正史朝鮮列國傳(전2권)	金聲九 편역	120,000원
111	질병의 기원	T. 매큐언 / 서 일·박종연	12,000원
112	과학과 젠더	E. F. 켈러 / 민경숙·이현주	10,000원
113	물질문명·경제·자본주의	F. 브로델 / 이문숙 外	절판
114	이탈리아인 태고의 지혜	G. 비코 / 李源斗	8,000원
115	中國武俠史	陳山 / 姜鳳求	18,000원

116 공포의 권력	J. 크리스테바 / 서민원	근간
117 주색잡기속담사전	宋在璇	15,000원
118 죽음 앞에 선 인간(상·하)	P. 아리에스 / 劉仙子	각권 8,000원
119 철학에 대하여	L. 알튀세르 / 서관모·백승욱	12,000원
120 다른 곳	J. 데리다 / 김다은·이혜지	10,000원
121 문학비평방법론	D. 베르제 外 / 민혜숙	12,000원
122 자기의 테크놀로지	M. 푸코 / 이희원	12,000원
123 새로운 학문	G. 비코 / 李源斗	22,000원
124 천재와 광기	P. 브르노 / 김웅권	13,000원
125 중국은사문화	馬 華·陳正宏 / 강경범·천현경	12,000원
126 푸코와 페미니즘	C. 라마자노글루 外 / 최 영 外	16,000원
127 역사주의	P. 해밀턴 / 임옥희	12,000원
128 中國書藝美學	宋 民 / 郭魯鳳	16,000원
129 죽음의 역사	P. 아리에스 / 이종민	13,000원
130 돈속담사전	宋在璇 편	15,000원
131 동양극장과 연극인들	김영무	15,000원
132 生育神과 性巫術	宋兆麟 / 洪 熹	20,000원
133 미학의 핵심	M. M. 이턴 / 유호전	14,000원
134 전사와 농민	J. 뒤비 / 최생열	18,000원
135 여성의 상태	N. 에니크 / 서민원	22,000원
136 중세의 지식인들	J. 르 고프 / 최애리	18,000원
137 구조주의의 역사(전4권)	F. 도스 / 이봉지 外	각권 13,000원
138 글쓰기의 문제해결전략	L. 플라워 / 원진숙·황정현	20,000원
139 음식속담사전	宋在璇 편	16,000원
140 고전수필개론	權 瑚	16,000원
141 예술의 규칙	P. 부르디외 / 하태환	23,000원
142 "사회를 보호해야 한다"	M. 푸코 / 박정자	20,000원
143 페미니즘사전	L. 터틀 / 호승희·유혜련	26,000원
144 여성심벌사전	B. G. 워커 / 정소영	근간
145 모데르니테 모데르니테	H. 메쇼닉 / 김다은	20,000원
146 눈물의 역사	A. 벵상뷔포 / 김자경	18,000원
147 모더니티입문	H. 르페브르 / 이종민	24,000원
148 재생산	P. 부르디외 / 이상호	18,000원
149 종교철학의 핵심	W. J. 웨인라이트 / 김희수	18,000원
150 기호와 몽상	A. 시몽 / 박형섭	22,000원
151 응분석비평사전	A. 새뮤얼 外 / 민혜숙	16,000원
152 운보 김기창 예술론연구	최병식	14,000원
153 시적 언어의 혁명	J. 크리스테바 / 김인환	20,000원
154 예술의 위기	Y. 미쇼 / 하태환	15,000원
155 프랑스사회사	G. 뒤프 / 박 단	16,000원
156 중국문예심리학사	劉偉林 / 沈揆昊	30,000원
157 무지카 프라티카	M. 캐넌 / 김혜중	25,000원

158 불교산책	鄭泰爀	20,000원
159 인간과 죽음	E. 모랭 / 김명숙	23,000원
160 地中海(전5권)	F. 브로델 / 李宗畋	근간
161 漢語文字學史	黃德實·陳秉新 / 河永三	24,000원
162 글쓰기와 차이	J. 데리다 / 남수인	28,000원
163 朝鮮神事誌	李能和 / 李在崑	근간
164 영국제국주의	S. C. 스미스 / 이태숙·김종원	16,000원
165 영화서술학	A. 고드로·F. 조스트 / 송지연	17,000원
166 미학사전	사사키 겐이치 / 민주식	근간
167 하나이지 않은 성	L. 이리가라이 / 이은민	18,000원
168 中國歷代書論	郭魯鳳 譯註	25,000원
169 요가수트라	鄭泰爀	15,000원
170 비정상인들	M. 푸코 / 박정자	25,000원
171 미친 진실	J. 크리스테바 / 서민원	근간
172 디스탱숑(상·하)	P. 부르디외 / 이종민	근간
173 세계의 비참(전3권)	P. 부르디외 外 / 김주경	각권 26,000원
174 수묵의 사상과 역사	崔炳植	근간
175 파스칼적 명상	P. 부르디외 / 김웅권	근간
176 지방의 계몽주의(전2권)	D. 로슈 / 주명철	근간
177 이혼의 역사	R. 필립스 / 박범수	근간
178 사랑의 단상	R. 바르트 / 김희영	근간
179 中國書藝理論體系	熊秉明 / 郭魯鳳	근간
180 미술시장과 경영	崔炳植	16,000원
181 카프카 — 소수적인 문학을 위하여 G. 들뢰즈·F. 가타리 / 이진경		근간
182 이미지의 힘 — 영상과 섹슈얼리티 A. 쿤 / 이형식		근간

【기 타】

▨ 현대의 신화	R. 바르트 / 이화여대기호학연구소	15,000원
▨ 모드의 체계	R. 바르트 / 이화여대기호학연구소	18,000원
▨ 텍스트의 즐거움	R. 바르트 / 김희영	15,000원
▨ 라신에 관하여	R. 바르트 / 남수인	10,000원
▨ 說 苑 (上·下)	林東錫 譯註	각권 30,000원
▨ 晏子春秋	林東錫 譯註	30,000원
▨ 西京雜記	林東錫 譯註	20,000원
▨ 搜神記 (上·下)	林東錫 譯註	각권 30,000원
■ 경제적 공포〔메디시스賞 수상작〕	V. 포레스테 / 김주경	7,000원
■ 古陶文字徵	高 明·葛英會	20,000원
■ 古文字類編	高 明	절판
■ 金文編	容 庚	36,000원
■ 딸에게 들려 주는 작은 지혜	N. 레흐레이트너 / 양영란	6,500원
■ 딸에게 들려 주는 작은 철학	R. 시몬 셰퍼 / 안상원	7,000원
■ 미래를 원한다	J. D. 로스네 / 문 선·김덕희	8,500원

東文選 現代新書 63

미학개론
―예술 철학 입문

앤 셰퍼드

유호전 옮김

보티첼리의 비너스는 왜 아름다운가? 우리는 예술 작품의 '의미'와 '진실'을 제대로 논의할 수 있는가? 예술가의 의도를 아는 것이 예술 작품 감상에 필요한가? 예술 작품 비평에 도덕적인 문제가 고려되어야 하는가?

미적 경험이 풍요롭다는 것은 상상력과 이해력의 발전을 동반한다. 예술은 감성과 지성을 함께 사용하며, 예술을 연구하기 위해서는 유연한 상상력과 지적 훈련이 결합되어야 한다. 만약 예술에 대한 반응 능력을 개발할 수 있다면, 우리는 인간으로서의 잠재력을 개발할 수 있는 것이다.

미학 개론의 저자 앤 셰퍼드는 미학의 복잡하고 중요한 문제들을 집요하게 탐구한다. 셰퍼드는 예술 작품들이 공유하는 가치가 무엇인지를 다양한 이론으로 제시하면서, 역사적으로 영향력 있는 견해에 대한 간단한 소개와 제기된 철학적 문제들의 설명을 곁들이고 있다.

셰퍼드는 예술의 모든 형태를 다 논의하되 특히 문학 분야를 강조하여 진실과 의미의 개념, 비평적 해석과 평가, 예술을 통한 올바른 가치와 태도의 습득 과정, 예술과 도덕의 관계 등 제반 문제들을 예리하고 세밀하게 파헤친다. 앤 셰퍼드는 이 모든 문제의 날줄과 씨줄을 함께 뽑아내면서 우리가 그림을 보고, 건축물을 감상하며, 음악을 듣고, 문학 작품을 연구할 때 내리는 미적 판단을 종류별로 분석하고 있다.

東文選 文藝新書 138

글쓰기의 문제해결전략

린다 플라워 / 원진숙 · 황정현 옮김

어떻게 해야 좋은 글을 쓸 수 있을까?
인지주의식 글쓰기란 무엇인가?
　이 책은 글쓰기를 목표 지향적인 문제해결 과정이라고 본다. 이 책의 저자인 린다 플라워는 기존의 결과 중심의 수사학에서 과정 중심의 접근방법으로 전환해서, 좋은 글은 어떠해야 하는가에 대한 지침이 아니라 글쓰기는 과연 어떤 과정을 거쳐서 이루어지는가에 대해 놀라우리만큼 구체적이면서도 기술적으로 보여 주고 있다. 또한 글을 계획하는 법, 아이디어를 생성하고 조직하는 법, 독자를 위해서 글을 계획하고 고쳐 쓰는 법 등에 대한 일련의 글쓰기 원리와 실제적인 쓰기 전략들을 제공해 주고 있다. 이러한 원리와 전략들은, 글쓰기를 막연하게 개개인의 타고난 재능이나 영감의 문제로만 생각하고 있는 사람들에게 현실적이면서도 실제적인 도움을 줄 수 있을 것이다. 또한 이 책은 '과정'을 중심으로 교육해야 한다는 의식은 있지만, 정작 어떻게 해야 '과정' 중심의 진정한 작문 교육을 실천할 수 있을지에 대해서는 여전히 손을 놓고 있는 상황에 처한 우리 쓰기 교육 현장에 많은 시사점을 던져 줄 것이라고 본다.
　이 책이 지닌 또 다른 미덕은, 최근 작문연구 분야에서 크게 각광받고 있는 사회인지주의 작문이론의 성과를 피상적인 논의 수준에서가 아니라, 대학이라는 '학문적 담화 공동체'에 진입하려는 대학 신입생들의 글쓰기 문제와 관련지어 매우 적절하게 녹여내고 있다는 점이다. 이제까지 글쓰기 작업을 극히 사적이면서도 개인적인 행위로 보아 오던 것에 비해서, 글쓰기를 인지적 과정임과 동시에 다른 사람들과의 관계를 형성하는 사회적 행위로 보고, 이 두 가지 측면이 서로 어떻게 작용하는가를 밀도 있게 보여 주고 있는 본서는 작문이론 분야에서 그 연구사적 의의 또한 매우 크다고 하겠다.

東文選 文藝新書 121

문학비평방법론

다니엘 베르제 外

민혜숙 옮김

　문학을 공부하는 학도들과 문학 예비교실의 학생들을 위하여 기획된 이 책은, 텍스트 분석에 있어서 비평방법이라는 복잡하고도 중요한 물음에 대하여 명확히 밝히고 있다.

　인문과학과 언어학의 기여로 인하여 비평 연구방법은 20세기에 유례 없는 발전을 하였다. 사회비평·심리비평·생성비평·주제비평·텍스트비평은 자료비평에 대한 오래 된 전통을 풍성하게 해주면서 주석자들에게 명확한 접근방법을 제공하였다.

　이 책의 각장은 의뢰된 전문가들이 썼으며, 새로운 동향들에 대한 명료하고도 확실한 자료를 통해 설명을 하고 있다. 즉 각 비평의 흐름에 대한 기원, 형성, 전제 사항, 특별한 적용의 장, 경우에 따라 일어날 수 있는 제한점들을 상술하였다.

　따라서 독자는 문학 텍스트에 대한 실제적인 접근을 하는 데 이 책의 도움을 받을 수 있을 것이다. 담화와 문학을 분리할 수 없는 이러한 시대에, 이 저작은 귀중한 보조자가 될 것이다. 비평방법들이 우리의 모든 지식을 이용하고 재분배하는 것을 보여 줌으로써, 이 책은 문학 텍스트의 실제적인 분석의 방법과 풍성한 이해의 길을 열어 준다.

東文選 現代新書 72

문학논술

장 파프 / 다니엘 로쉬

권종분 옮김

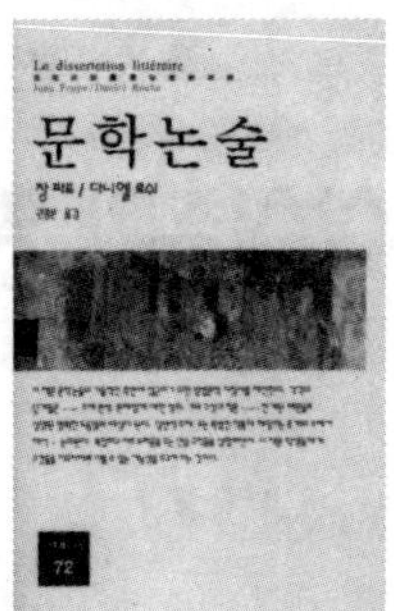

　의사 소통을 하기 위해 우리 인간은 자신의 신체, 목소리, 손을 이용해 의사 표현을 한다. 그리고 글을 쓸 때, 특별히 한 손을 사용한다. 글을 쓴다는 것은 단순히 손동작만으로 충분하지 않다는 것쯤은 누구나 잘 알 것이다. 간단히 말하자면, 글로 표현한다는 것은 자신의 생각을 다듬어서 논리적으로 기술한다는 것일 수 있다. 특히 수능 시험과 같이 논술을 요구하는 상황에서 더욱 그러하다. 그러나 아직까지는 논술이란 용어가 우리에겐 국민 윤리만큼이나 이론적이다. 그런 의미에서 이 책은 한편으론 논술에 필요한 구체적이고 상세한 상황들을 제시하며, 다른 한편으론 각 장르별 문학 작품을 통한 논술의 실행으로 우리의 이해를 돕고 있다.

　이 책은 문학논술의 기술적인 측면에 접근하기 위한 방법론적 지침서를 제안한다. 각각의 단계들은——주제 분석, 문제점에 대한 정의, 개요 구성과 작문——전개된 예문들로 설명된 명확한 도움말의 대상이 된다. 일반적 주제, 또는 특별한 작품에 해당하는 8개의 주제가 해석·논의된다. 복잡하고 자주 두려움을 주는 연습 규칙들을 설명하면서, 이 책은 학생들에게 그것들을 자유자재로 다룰 수 있는 가능성을 주고자 하는 것이다.

東文選 現代新書 39

사실주의 문학의 이해

귀 라루

조성애 옮김

　19세기 사실주의만으로 모든 사실주의를 독점적으로 해석하려는 기존의 협의적인 사실주의 개념을 벗어나, 아리스토텔레스가 미메시스의 문제를 제기한 고대에서부터 사실주의를 비난하고 폄하한 초현실주의, 누보로망에 이르기까지, 사실성, 사실임직함의 개념이 모방에 대한 인간의 보편적 욕망과 관련되어 있음을 밝힌다. 저자에 따르면 모든 문학사란 그 이전의 사실주의에 대항하면서 더 위대하고 심오한 혁명적 사실주의라는 이름으로 인간, 사회, 사물의 현실세계를 탐구하는 여정들이다.

　또한 본서는 풍부한 인용과 함께 이들 19세기 작가들의 사회와 문학의 탐구에 대한 열정을 생생히 전하며 이런 열정들이 인간과 사회에 대한 새로운 감각과 형태 즉 새로운 장르의 미학과 시학을 창조해낸 점을 되새기게 한다. 플로베르의 편지의 이 글은 그 시대의 투철한 작가정신을 보여 준다.

　기존의 사실주의 책들에서 많이 다루어지지 않았던 사실주의의 시학적인 면을 설명한 본서는 사실주의 작가들의 현실과의 싸움과 모험적인 새로운 시각과 글쓰기 방식을 통해 언어와 예술로의 승화를 깊이 있게 다루며, 이들이 남긴 독창적이고 풍요로운 미학적 유산을 현대작가들이 계승하고 있음을 부인할 수 없음을 일깨운다.

東文選 現代新書 34

라틴 문학의 이해

자크 가야르

김교신 옮김

　그 기원에서부터 안토니누스 왕조의 몰락까지, 엔니우스에서 아풀레이우스까지, 라틴 문학은 힘차게 도약하고 자기를 주장하고 걸작들을 만들어 낸다. 그처럼 오랜 문학 창작의 세월은 우리에게 시간의 강을 거슬러 올라갈 것을 요구한다. 그것은 또한 우리가 형식·장르·기호의 독창성에 관해 자문할 것도 요구한다. 역사에 관해서도. 지식에 관해서도. 이 텍스트들은 어떤 상황을 필요로 한다. 오늘날 이 텍스트들을 읽을 것인가?

　서구 문학(혹은 현대 문학)의 뿌리인 라틴 문학은 17세기 서구인들에겐 친숙했고, 17세기의 교양 있는 사람들은 모두 그 시대의 언어와 문학을 용이하게 다루었다. 그러나 오늘날에는 소수의 라틴어 학자를 제외하고는 라틴어로 된 라틴 문학을 읽을 사람은 많지 않다. 어떤 영화적 사건, 어떤 연극의 재상연 또는 갑작스런 유행은 한번의 관심을 불러일으킬 수 있지만, 대체로 라틴어로 된 위대한 작가들의 위대한 작품들은 여전히 대중들에겐 접근하거나 이해하기 어려운 영역으로 남아 있다. 오늘날의 현대 문화는 이들을 다시 부활시키지는 못할 것이다. 그러나 문학 창작과 사상사의 형식에 관한 성찰을 포함하는 연구의 틀 안에서 우리는 이 값진 유산에 한 자리를 마련해 주어야 할 것이다.

　본서는 일반인 또는 대학초년생들에게 라틴 문학에 대한 독서를 도울 수 있는 정보를 상당히 총괄적으로 제공함으로써 그들의 접근을 용이하게 해주기 위해 씌어졌다.

東文選 現代新書 4

문학이론

조너선 컬러

이은경 · 임옥희 옮김

  문학이론에 관한 많은 입문서들이 일련의 비평 '학파'를 기술한다. 이론은 각각의 이론적인 입장과 실천으로 인해 일련의 상호 경쟁하는 '접근방법'으로 다루어진다. 하지만 입문서에서 밝힌 이론적인 운동——구조주의, 해체론, 페미니즘, 정신분석학, 마르크스주의, 신역사주의——은 많은 공통점을 가지고 있다. 이런 공통점 때문에 사람들은 단지 특수한 이론들에 관해서가 아니라 '이론'에 관해 논의할 수 있게 된다. 이론을 소개하려면, 이론적인 학파를 죽 개괄하기보다는 문제의식을 같이하는 질문과 주장, 하나의 '학파'를 다른 학파와 대비시키지 않는 중요한 논쟁, 이론적인 운동 내에서의 현저한 차이를 논의하는 것이 훨씬 낫다. 현대 이론을 일련의 경쟁하는 접근방법이나 해석방식으로 다루는 것은 이론이 갖는 많은 관심사와 힘을 놓치는 것이다. 이론의 관심사와 힘은 상식에 대한 폭넓은 도전으로부터, 그리고 의미의 생산과 인간 주체의 창조에 관한 탐구로부터 기인한다. 본서는 일련의 주제를 택하여, 이들 주제에 관한 중요한 문제와 논쟁에 초점을 맞추고, 또한 필자가 생각하기에 여태껏 연구되어 왔던 것에 초점을 맞추도록 했다. 그리고 부록으로 주요 비평학파나 이론적인 운동을 간략하게 개괄해 놓았다.